DAS GEHEIMNIS DER WÜSTE

Hergestellt und finanziert von
Rüdiger und Gabriele Lutz

II

Rüdiger und Gabriele Lutz

DAS GEHEIMNIS DER WÜSTE

DIE FELSKUNST DES MESSAK SATTAFET UND MESSAK MELLET-LIBYEN

Institut für Ur- und Frühgeschichte der Leopold- Franzens- Universität Innsbruck.
Projekt: Felsbildforschung in der Sahara: Dr Rüdiger Lutz

*Diese Arbeit wurde auf einer Computeranlage erstellt, die vom „Jubiläumsfonds der österreichischen Nationalbank"
in dankenswerter Weise zur Verfügung gestellt wurde.*

Universitätsbuchhandlung
Golf Verlag
Innsbruck

Aufnahmen: Gabriele und Rüdiger Lutz
Satellitenbild Abb. 2. Österr. Ges. f. Weltraumfragen (ASA) Wien
Kartenskizze Abb. 3. Axel van Albada

Alle Rechte, insbesondere das Recht der Vervielfältigung und Verbreitung sowie der Übersetzung, vorbehalten. Kein Teil des Werkes darf in irgendeiner Form (durch Fotokopie, Mikrofilm oder ein anderes Verfahren ohne schriftliche Genehmigung des Herstellers reproduziert oder unter Verwendung elektronischer Systeme verarbeitet, vervielfältigt oder verbreitet werden.

Copyright©1995 by Rüdiger Lutz, A-6020 Innsbruck
Herstellung und Satz: Rüdiger Lutz
Lithos und Druck: Fotolito Longo, Frangart BZ
Deutsche Ausgabe ISBN: 3-900773-09-2
English edition ISBN: 3-900773-10-6
Printed in Italy

Umschlagseite: Abb. 115. Mähnenschaf (Mufflon) (B 50 H 33), Oberlauf von Wadi Aramas. 17R26
Frontinspiz: Menschenartiges Wesen mit dem Kopf des Hyänenhundes

Inhalt

	VORWORT	
1.	EINFÜHRUNG	1
2.	DIE GEBIRGE MESSAK SATTAFET UND MESSAK MELLET	7
	Geografische Lage, Landschaft, Klima	
3.	ALLEIN IN DER WÜSTE	16
	Der Alltag bei der Felsbildsuche	
4.	DIE MODERNE ERSCHLIESSUNG	24
	Die Suche nach Erdöl	
5.	DIE FELSKUNST IN DER SAHARA	30
	Datierung der Felsbilder in Abhängigkeit vom Klima	
6.	DAS BILD IM MESSAK SATTAFET UND MESSAK MELLET	37
	Relative Chronologie, Technik, Stil, Patina, Erosion, Malerei, Felsbildgalerien	
7.	DAS AUGE	65
	Nachträgliche Veränderung an Felsbildern	
8.	DIE KLEINKUNST	70
	Miniaturen auf Silexunterlage	
9.	HÖHLEN UND ABRIS	74
	Unterstände mit Felsbildern	
10.	DIE TIERWELT IN DER GRAVUR	78
	Die Wildtiere	
11.	DIE JAGD	91
	Jagdsymbole, Fangstein, Radfalle, andere Jagdinstrumente, Bilderschrift	
12.	BUBALUS ANTIQUUS	102
	Syncerus caffer antiquus, ausgestorbener Urbüffel	
13.	AUEROCHS, UR, BOS PRIMIGENIUS	108
	Früheste Domestikation des Rindes	
14.	DIE HAUSTIERE	114
	Rinder, Schafe, Ziegen u.a.m.	
15.	DER MENSCH	129
	Jäger, Hirte, Bauer, Fremder	
16.	THERIOMORPHE GESTALTEN	145
	Maskenträger, Mythos, Symbole	
17.	TIERMISCHWESEN	165
	Unnatürliche Tierbilder	
18.	FRUCHTBARKEITSKULT UND GESCHLECHTLICHKEIT	169
	Bilder mit sexuellem Inhalt	
19.	GLOSSAR	176
20.	LITERATURHINWEISE	177

VORWORT

Als wir im Jahre 1976 auf unserer „Hochzeitsreise" die Sahara von Tripolis zum Tschad-See durchqueren, machten wir erstmals Bekanntschaft mit den Felsbildern. Durch Zufall gelangten wir nach Enneri Blaka nördlich von Djado im Niger. Wir waren tief beeindruckt von den Felsgravuren, die wir am sogenannten „U-Boot" antrafen. Auf derselben Fahrt begegneten wir in Gatrun, an der Grenze zwischen Libyen und dem Niger, den uns entgegenkommenden Teilnehmern der Ralley Abidjan-Nizza. Irrtümlich bekamen auch wir an der Grenzstation einen Bildband über Libyen überreicht, mit dem die ankommenden Ralleyfahrer begrüßt wurden. Darin fanden sich einige Abbildungen von Felsbildern aus dem Wadi Mathenduch im Fezzan. Unsere Neugierde war geweckt! Bereits 1980 besuchten wir diese Fundstelle. Es war eine abenteuerliche Suche, da zu dieser Zeit kaum jemand im Lande von diesen Felsbildern wußte. Seitdem stehen wir mit dem Department of Antiquity in Tripolis in Verbindung, um eine offizielle Genehmigung zur Erforschung dieser Bilder zu erhalten. In den Jahren, in denen uns Libyen nicht zugänglich war, besuchten wir die Felsbilder in den Nachbarländern Algerien, Niger und Mali. Unsere Vorliebe galt aber immer dem Fezzan. Seither intensivierten wir unsere Studien, und seit Jahren war die Erforschung und Katalogisierung der Felsbilder in den Gebirgen Messak Sattafet und Messak Mellet unsere ausschließliche Arbeit. Was wir als Touristen begonnen hatten, führten wir nun mit offizieller Genehmigung fort.

Die Zone ist archäologisches Schutzgebiet, ihre Verwaltung liegt in den Händen des Department of Antiquity. Wir bedanken uns in erster Linie bei Herrn Dr. Ali Khadduri, dem Vorstand des Department in Tripolis, für die Genehmigung dieser Forschung. Ebenso danken wir Herrn Dr. Mohammed Meshai, dem Leiter des Distriktes Sebha/Fezzan, für seine Zustimmung und die wohlwollende Unterstützung unseres Vorhabens. Dank gebührt auch den libyschen Archäologen mit Mr. Ibrahim Azabi.

Herr Prof. Fabrizio Mori von der Universität Rom „La Sapienza" ist Inhaber der Grabungsgenehmigung für den Akakus und für den Messak Sattafet und Messak Mellet. Seit drei Jahren führen wir unsere Arbeit mit seiner Zustimmung und in Zusammenarbeit mit seinem Institut durch. Sie hat dadurch die dringend nötige multidisziplinäre Erweiterung erfahren. Wir bedanken uns für die Aufnahme in seine Mannschaft sowie für die gute und kameradschaftliche Zusammenarbeit mit allen italienischen Mitarbeitern.

Unser Dank gilt Herrn Prof. Dr. Konrad Spindler, der uns mit dem Projekt „Felsbildforschung in der Sahara" als Mitarbeiter des Institutes für Ur- und Frühgeschichte der Leopold- Franzens- Universität Innsbruck aufgenommen hat. Ebenso danken wir für die Durchsicht des Manuskriptes.

Unser besonderer Dank gilt Frau Prof. Dr. Elisabeth Walde vom Institut für Klassische Archäologie der Leopold- Franzens- Universität Innsbruck. Sie hat von Anfang an an unser Projekt geglaubt. Frau Prof. Walde hat die Patenschaft für eine finanzielle Unterstützung gegenüber der Österreichischen Nationalbank übernommen. An ihrem Institut erhalten wir jede erdenkliche Hilfe.

Wir danken der Österreichischen Nationalbank für das Vertrauen, das sie in uns gesetzt hat, und wir fühlen uns ihr gegenüber verpflichtet, in unseren Anstrengungen nicht nachzulassen, auch wenn unser Weg in vieler Hinsicht schwierig und oft entmutigend ist. Erst die genannte beachtliche finanzielle Zuwendung aus dem „*Jubiläumsfonds der Österreichischen Nationalbank* ", die der Anschaffung einer umfangreichen Computeranlage gedient hat, ermöglicht es uns das Projekt langfristig und ohne weitere Mitarbeiter zu betreiben.

Herrn Dr. Joris Peters vom Institut für Paläoanatomie, Domestikationsforschung und Geschichte der Tiermedizin der Ludwig- Maximilians- Universität München sei für die Durchsicht und die Ergänzung des Manuskriptes gedankt. Seine Anregungen sollten diesen Band sowohl für die allgemeine Information als auch für die Wissenschaft brauchbar gestalten.

Dem Geologen Herrn Prof. Mauro Cremaschi von der Universitá degli Studi di Milano / Dipartimento delle Scienze della Terra danken wir für die offene und konstruktive wissenschaftliche Zusammenarbeit. Seine Untersuchungen und Anregungen sind von größtem Wert für den Fortschritt unserer Arbeit. Die Korrekturen und die gewissenhafte Durchsicht des Manuskriptes waren besonders wertvoll.

Zu besonderem Dank sind wir unseren österreichischen Freunden in Tripolis verpflichtet, allen voran Herrn Botschafter Dr. Wilfried Almoslechner, der seit vielen Jahren unermüdlich für uns tätig ist. Die Familien Dipl. Ing. Reinhart Samhaber und Dieter Heim von der Österreichischen Mineralölverwaltung (ÖMV) in Tripolis haben durch Gastfreundschaft und ihre gute Kenntnis der Verhältnisse in Libyen viel zum Gelingen unserer Unternehmungen beigetragen.

Frau Dr. Inge Gruber hat mit viel Gewissenhaftigkeit die englische Übersetzung besorgt. Herr Dr. Mark Milburn hat diese nochmals sprachlich überprüft. Trotzdem ist uns die Problematik einer solchen Übersetzung bewußt, aber wir hoffen, zu einem für alle tragbaren Ergebnis gekommen zu sein.

Wir danken Herrn Joachim Wiesinger für die Hilfe bei der Gestaltung des Layouts, Herrn Prof. Arthur Zelger für die graphische Gestaltung des Buchumschlages sowie für die Beratung bei der Farbkorrektur der Lithos.

Prefazione

Die Forschung, die Rüdiger und Gabriele Lutz seit Jahren im Amsak (Messak) Settafet betreiben, findet ihre Krönung in dem vorliegenden dokumentarischen Reisebericht. In Verbindung mit einer einzigartigen photographischen Auslese vermittelt dieser Band eine eindrucksvolle Vorstellung von jener geheimnisvollen, ergreifenden Welt, die in den Kunstwerken der Sahara im allgemeinen und der Felsgravuren des Messak im besonderen ihre Spuren hinterlassen hat. Das Ergebnis dieser Forschung, im Kreis der Spezialisten bereits hinreichend bekannt, wird damit auch einer breiteren Öffentlichkeit erschlossen. Den unterschiedlichen Aspekten eines interessierten Publikums entsprechend gliedert sich der Band in einen erzählerischen und einen fachlichen Teil. Aus ihrer persönlichen Erfahrung schildern die Autoren das Wunder der Wüste, dieser einzigartigen Landschaft, deren schwarzer (in der Sprache der Tuareg „settafet") Eindruck ein unwiderstehlich anziehendes und zugleich beunruhigendes Gefühl vermittelt.

Schon beim Durchblättern des Buches springt das Außerordentliche der Entdeckungen ins Auge. Es sind frappierende Dokumente der ältesten menschlichen Kulturen, Bilder, deren Motive vertraut sind, deren Inhalt und Bedeutung jedoch rätselhaft bleiben. Unser an den Kunstwerken der eigenen Gesellschaft orientiertes Sehen und Verstehen wird konfrontiert mit einem anders gearteten Kunstbegriff, der sich in diesen in den Fels geschliffenen Bildern mit einer überwältigenden Vitalität manifestiert.

Zur Annäherung an dieses unermeßliche prähistorische Freilichtmuseum bedarf es freilich besonderer Einfühlung und der Loslösung von gewohnten Bildprogrammen und -interpretationen. Dazu geben die Autoren dem Leser und Betrachter in diesem Band persönliche Anleitung und authentische Information. Gleichzeitig wird aber deutlich, daß das Studium jener längst vergangenen Epochen menschlicher Kultur mit großen Vorbehalten und Unsicherheiten behaftet ist. Aus den Funden ergibt sich ein nur sehr bruchstückhaft auf uns gekommenes Mosaik. Vieles bleibt ungesichert, angefangen von der Chronologie der Bilder bis hin zu den Voraussetzungen menschlicher Besiedlung. Wir wissen nichts Genaues über die klimatischen Bedingungen und deren Veränderungen, noch über deren Auswirkungen auf das soziale Gefüge, die wirtschaftliche Struktur und die geistige Entwicklung dieser vielfältigen Gesellschaft. Im Vorgriff auf die bekannteren Ereignisse der Frühgeschichte erscheinen diese Denkmäler wie Verkörperungen langsam, aber unaufhaltsam auftauchender neuer Ideen und Impulse, als Zeugnisse weltanschaulicher Visionen, in denen eine Evolution der Beziehung des Menschen zu Natur und Umwelt bis in unsere Zeit reflektiert wird.

Diese prachtvollen Zeugnisse beigebracht zu haben, ist das große Verdienst der beiden Autoren, denen dafür ausdrücklich Dank gebührt. Auch wenn ihre persönlichen Darstellungen wie üblich Anlaß zu Kritik und wissenschaftlicher Polemik geben werden, so ist doch dieser willkommene Anlaß zur Auseinandersetzung mit dem Thema erst durch ihre Arbeit gegeben. Nur durch eine so hartnäckige Feldforschung, wie sie von den Autoren geleistet wurde, sind überhaupt die konkreten Voraussetzungen für ein Überdenken und tiefergreifende Studien geschaffen worden, die unsere Erkenntnisse zu erweitern vermögen. Dies vor allem, weil diese Feldforschung in multidisziplinäre Studien eingebunden ist. Insofern legt die Arbeit einen Grundstein und liefert der Wissenschaft neue Aspekte. Von dieser Basis wird man in Zukunft auszugehen haben.

Der Leser und Betrachter dieses Buches wird die Kunstwerke in ihrer erstaunlichen Unmittelbarkeit und Lebendigkeit bewundern, ungeachtet der ungeheuren Mühen und Strapazen, die zur Realisierung dieser einzigartigen Dokumentation von den Autoren zu leisten waren. Sie haben damit ein fundamentales Kapitel aus der Geschichte der Menschheit aufgeschlagen und erlebbar gemacht. Uns wird damit die Möglichkeit eröffnet, Einblicke in die Welt jener vorgeschichtlichen Völker ohne Namen zu tun, für die diese Bilder einst voller Inhalte waren, auch wenn diese für uns für immer verloren sind.

Fabrizio Mori
Universität Rom „La Sapienza"

Zum Geleit

Als um die erste Jahrtausendwende normannische Wikinger unter Erik dem Roten erstmals an der Westküste Grönlands landeten, erfolgte ein zunächst prosperierendes Kolonisationsprojekt im arktischen Polargebiet, das auf der Welt ohne Beispiel geblieben ist. Doch die europäischen Zivilisatoren verloren den Kampf mit der der abendländischen Gesittung letztlich feindlichen Landschaft. Fünf Jahrhunderte später war jedes Leben wieder erloschen. Ein Bündel von Ursachen ließ dieses Besiedlungsunternehmen scheitern. Neben der allmählichen Erschöpfung der natürlichen Ressourcen spielte nicht zuletzt eine vorab unmerkliche Klimaverschlechterung, die sogenannte „Kleine Eiszeit", die um 1500 n. Chr. ihren Tiefpunkt erreichte, eine maßgebliche Rolle. Geblieben sind nur die archäologischen Überreste einer einst blühenden Kultur. Lediglich kleine Gruppen von Eskimos, die sich in ihrer eigenen Sprache Inuit (=Menschen) nennen, konnten sich in hochspezialisierter Weise den arktischen Überlebensmöglichkeiten anpassen.

Damit in manchem vergleichbar zeigt sich das Auf und Ab menschlicher Inbesitznahme in einer anderen klimatischen Extremzone unserer Erde, dem nordafrikanischen Wüstengürtel, wenn auch hier Dauer und Raum erheblich weitläufigere Dimensionen erreichten als am Fuße des Grönlandgletschers. Die Sahara reagiert ebenso höchst sensibel selbst auf nur geringe anthropogene Eingriffe und/ oder witterungsbedingte Veränderungen. Zweimal im Verlauf des Holozäns bot das Land den siedlungswilligen Bevölkerungsgruppen mehr oder minder langfristige und großflächige Auskömmlichkeit. Doch führten nachhaltige Störungen des empfindlichen Ökosystems wie Raubbau an den einst üppigen Wäldern, mehr noch eine ständige Überweidung durch Herdentiere unaufhaltsam zunächst zur Versteppung und schließlich zum absoluten Wüstfallen einst fruchtbarer Landstriche, ein Prozeß, der auch heute nicht abgeschlossen ist. Als Zeugen dieser vormals florierenden Aktivitäten zeigen sich die verlassenen Wohnplätze, die öden Nekropolen und die geheimnisvollen Denkmäler der Kunst aus vergangenen Jahrtausenden im Staub der Wüste. Nur der einsame Targi schweift noch zwischen den verkargenden Oasen einher.

Für den Archäologen bildet es eine Herausforderung der besonderen Art, sich der arktischen Kälte oder der flirrenden Wüstenhitze zu stellen. Gabriele und Rüdiger Lutz nahmen sich einer solchen entsagungsvollen, gefährlichen und abenteuerlichen Aufgabe an. Seit 1976 ist ihre Wahlheimat die Sahara. Dabei öffnete sich ihnen neben anderen unglaublichen Erfahrungen ein Fenster in die faszinierende Welt afrikanischer Vergangenheit. Auf ihren Expeditionen in den libyschen Fezzan gerieten sie in den Bann einer unendlichen Fülle naturvölkischer Felsbilder, deren Existenz seit Jahrhunderten, wenn nicht seit Jahrtausenden dem menschlichen Bewußtsein völlig entrückt war. Fortan widmeten sie der Erforschung dieser bizarren Bilderwelt ihr Lebensziel.

Als wissenschaftlichen Standort ihres Vorhabens wählte das Ehepaar Lutz das Institut für Ur- und Frühgeschichte der Leopold-Franzens-Universität in Innsbruck. Es ist für uns eine besondere Ehre, den beiden Forschern im Rahmen unserer Institution mit Rat und Tat zur Seiten stehen zu dürfen. In gewissem Sinne fanden die Lutz' den Boden für ihr Forschungsprogramm bei uns bereits vorbereitet. Schon meinem Amtsvorgänger Karl Kromer war afrikanische Felskunst nicht ganz unvertraut, worüber er in unserer „Festschrift zum 50jährigen Bestehen des Institutes" 1992 (Felsbilder aus Sayala in Unternubien) berichtet hatte. Folgerichtig veröffentlichten auch Rüdiger und Gabriele Lutz an gleicher Stelle erste Ergebnisse ihrer Arbeiten unter dem Titel „Erforschung unbekannter Felsbilder im Amsach Sattafet und Amsach Mellet im Südwest-Fezzan, Libyen". Mit bemerkenswerter wissenschaftlicher Disziplin haben beide ihr Werk fortgeführt, von dem nun der vorliegende Band erstmals umfassend den gegenwärtigen Forschungsstand zur Kenntnis gibt. Der erfreulicherweise leicht verständlichen Sprache des Textes haben sie hier vor allem die eindringliche Sprache der Felsbilder selbst gegenübergestellt, die in großartigen, bislang nie gese–

henen Farbaufnahmen dem Publikum vorgeführt werden. Aber erst die vorsichtig zurückhaltende Interpretation und die angedeutete zeitliche wie kulturhistorische Einordnung bringen die Bilder zum Sprechen, lassen die Auseinandersetzung des vorgeschichtlichen Afrikaners mit seiner Umwelt spürbar werden, lassen uns teilnehmen, wie er das Tier, sei es als seine Jagdbeute, sei es als sein Hausvieh, und sich selbst als Mensch in seiner Gemeinschaft wahrgenommen hat.

Die Felskunst der Sahara ist keinesfalls ein ephemer Ausdruck profanen Handels. Wie die Fresken und Skulpturen unserer abendländischen Kirchen und Dome zeigen die Gravuren auf den steinernen Wänden religiöse Programme, deren einstiger Sinngehalt uns Nachgeborenen wohl immer verschlossen bleiben wird. Das Tuch des Vergessens, das sich über diesen mythischen Tempelbildern ausgebreitet hat, zaghaft zu lüften, das Geheimnis der Wüste ein wenig zu enträtseln, ist Ansinnen dieses Buches. Möge es dem geneigten Leser ebenso die Vergänglichkeit allen menschlichen Tuns - ob im gleißenden Schein der afrikanischen Sonne, ob unter der polaren Kühle des arktischen Nordlichts - behutsam nahebringen. Doch nicht zuletzt verbirgt sich hinter dem wissenschaftlichen Ernst der folgenden Zeilen die von den beiden Verfassern empfundene Verpflichtung, diese eindrucksvollen Schöpfungen menschlichen Ausdruckswillens den nachfolgenden Generationen zur Wahrung und Erhaltung anzuvertrauen.

Innsbruck, im Oktober 1994

    Konrad Spindler
    Institut für Ur- und Frühgeschichte
    der Leopold-Franzens-Universität
    Innsbruck

Abb. Seite X-XI
Vor 30.000 Jahren gespeichertes Wasser dringt aus der Tiefe empor.

Abb. Seite XII-XIII
Vor 7.000 Jahren - Vergessene Kulturen blühten in fruchtbarer Landschaft.

Abb. Seite XIV-XV
Heute - Dünen auf einstmals saftigen Weidegründen.

Abb. Seite XVI-XVII
Messak Sattafet - Die schwarze Hamada

Schlammablagerung nach kurzem Regenguß.

XVIII

Wachstum innerhalb weniger Wochen.

Frischer Keimling .....

..... Wochen später.

XXI

Handspitze siehe Seite 70.

XXII

1. EINFÜHRUNG

In der breiten Öffentlichkeit ist das Vorkommen von prähistorischen Felsbildern im Messak Sattafet und Messak Mellet im südlichen Fezzan / Libyen kaum bekannt. Der Messak ist mehr als ein Freilichtmuseum mit zehntausenden Felsbildern, er ist ein archäologischer Komplex von bis jetzt unerkannten Dimensionen. Hier ist in den vergangenen Jahrhunderttausenden auf eng begrenztem Raum bei gemäßigtem Klima Kultur entstanden und unter harten Bedingungen wieder vergangen. Überall ist die Anwesenheit des Menschen in seinen verschiedenen Kulturstufen erkennbar. Millionenfach liegt das Steinwerkzeug vergangener Epochen an der Oberfläche. Vom Alt- und Jungacheul (bis 500.000 Jahre) über das Levalloisien (100.000 Jahre) hin zum Moustérien (50.000 Jahre) und Atérien (40.000 bis 20.000 Jahre). Ein Mesolithikum = Epipaleolithikum (10.000 bis 6.000 v.Chr.), das wir in Verbindung mit den frühesten Felsbildern erwarten würden, wurde bisher lediglich auf den gegenüberliegenden Dünen von Murzuk, aber nicht im Gebirge gefunden (CREMASCHI 1994). Ein Neolithikum (Abb. 4) mit eher grobem Steininventar deckt die Zeit von 6.000 v.Chr. bis zur Metallzeit ab. Steinsetzungen aller Art, Mauerwerke, kreisrunde Bestattungen, Grabtumuli (Abb. 5) in verschiedensten Formen und Größen finden sich quer durch die Landschaft. Viele wurden bereits in der Antike, andere in der Gegenwart beraubt. Dieses ganze Vermächtnis aus unserer Vergangenheit wartet auf seine Entdeckung, Ausgrabung und Bearbeitung, es ist eine wahre Fundgrube für den Urgeschichtler. Da es sich hier um einen Bildband handelt, der sich an eine breite Öffentlichkeit wendet, werden die Datierungen mit der allgemein bekannten Bezeichnung v.Chr. (vor Christus), statt mit der heute üblichen wissenschaftlichen Bezeichnung B.P. (before present = vor heute) angegeben.

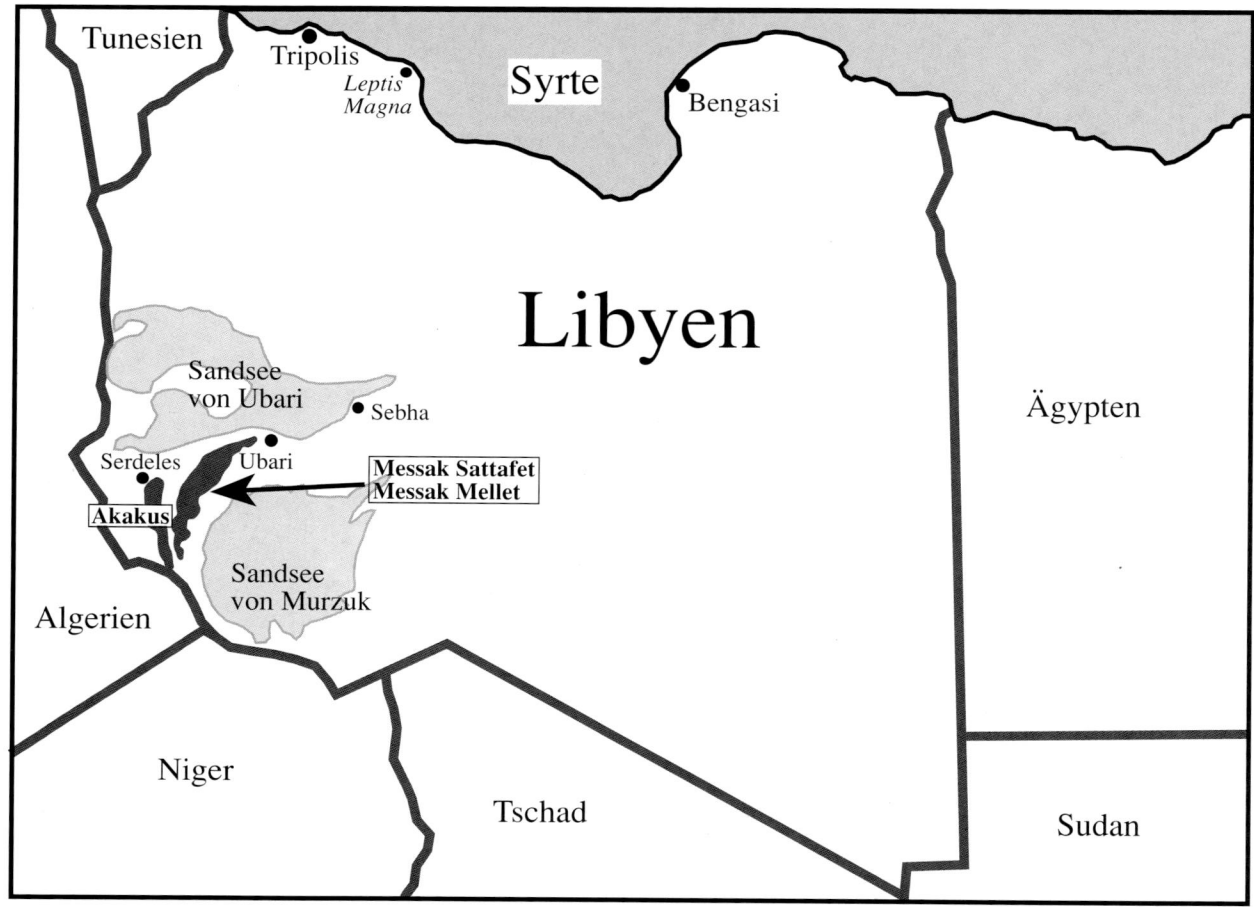

Abb. 1. Archäologische Zone Messak Sattafet und Messak Mellet, Fezzan/Libyen.

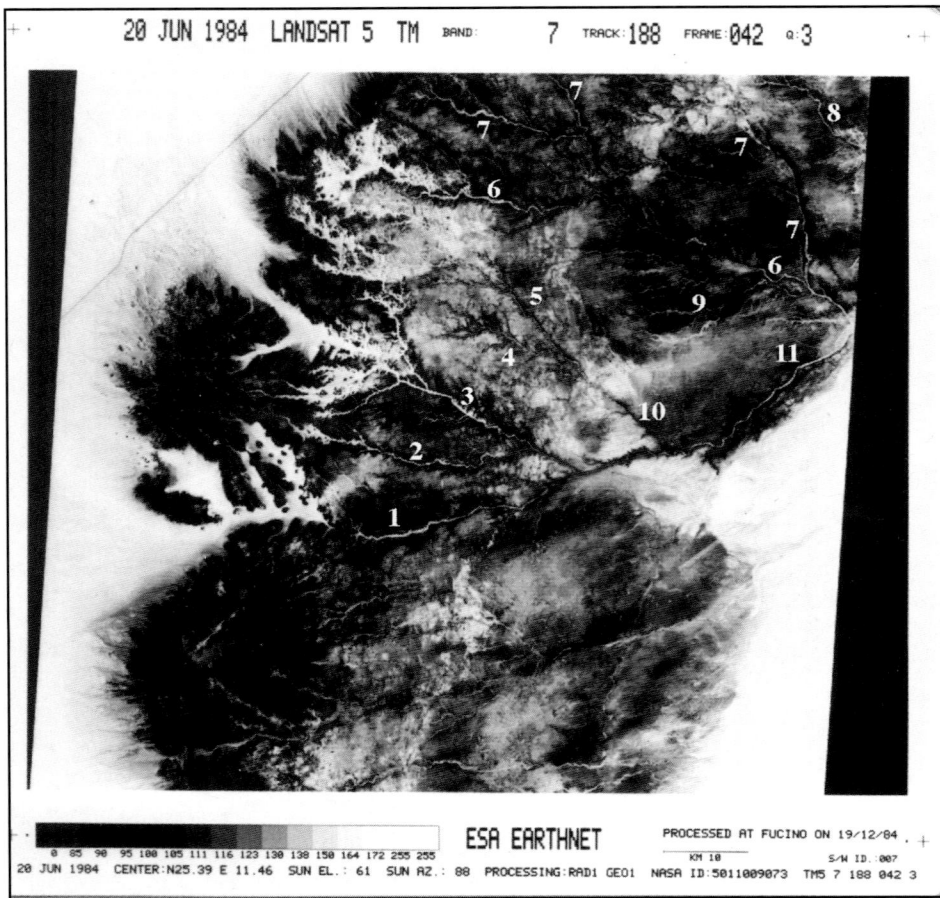

Abb. 2. Messak Sattafet. Das Satellitenfoto zeigt das Zentrum des Messak Sattafet und einen Teil des südlich anschließenden Messak Mellet. 1. Wadi Aramas 2. Wadi Tizi 3. Wadi In Elobu 4. Wadi Tilizaghen 5. Wadi Tin Iblal 6. Wadi Gedid 7. Wadi In Hagalas 8. Wadi Alamasse 9. Wadi Takabar 10. Wadi Gamaut 11. Wadi Mathenduch.

Die Entdeckung der prähistorischen Felsbilder in den Gebirgen Messak Sattafet und Messak Mellet geht auf Heinrich von Barth zurück. Als er 1850 von Murzuk kommend mit der Karawane nach Süden zog, entdeckte er an einer Wasserstelle im Gebirge (Tel Issaghen) Felsbilder, deren Kunde er nach Europa brachte. Leo Frobenius unternahm 1932 eine erste wissenschaftliche Forschungsreise in dieses Gebiet. Seine Ergebnisse sind in dem einmaligen Werk „Ekade Ektab" dokumentiert (FROBENIUS 1937). Nach dem zweiten Weltkrieg erweiterten die Archäologen Paolo Graziosi (GRAZIOSI 1962-1981) und Jan Jelinek (JELINEK 1984/85 und 1994) während mehrerer Forschungsaufenthalte die Kenntnis über die Felsbilder. Jelinek verfaßte als einziger eine wissenschaftliche Gesamtaufnahme. Fabrizio Mori, Universität Rom „La Sapienza", der heute die Grabungserlaubnis für den gesamten südwestlichen Fezzan innehat, arbeitet seit mehr als dreißig Jahren im benachbarten Akakusgebirge. In Zukunft wird er mit seiner Grabungsmannschaft die Forschungen auf den Messak Sattafet und Messak Mellet ausdehnen.

Den Archäologen folgten die Amateure. Sie gingen weit über die wissenschaftlich erforschten Abschnitte hinaus, und sie besitzen heute die umfassendsten Kenntnisse über das gesamte Gebirge, aber nur wenige dieser Amateure haben Beschreibungen und wissenschaftliche Arbeiten veröffentlicht, wie z.B. Paolo Pesce, Gérard Jacquet (JACQUET 1978), Jean Le Quellec (LE QUELLEC 1993), Yves Gauthier (GAUTHIER 1993-1994), Castiglioni/Negro (CASTIGLIONI-NEGRO 1986) und besonders Axel und Anne Michelle Van Albada (A. u. A.M. VAN ALBADA 1990-1994). Letztere sind sicherlich die besten Kenner des Gebietes und haben wichtige Arbeiten zur Erschließung geleistet. Wer immer sich heute ernstlich mit dem Messak befaßt, arbeitet mit den von Ihnen erstellten Karten. So danken auch wir für die vielen vorbehaltslosen Informationen, die wir bekommen haben. Van Albada ist der einzige, der seine persönlichen Entdeckungen an andere weitergibt. Tausende unbekannte Felsbilder warten auf ihre Entdeckung.

Auch wir, die Verfasser: Gabriele (Abb. 6) und Rüdiger Lutz (Abb. 7) beschäftigen uns seit 1976 mit der Felskunst Afrikas und insbesondere mit den Felsgravuren in diesem Gebiet. Wir haben uns eine Gesamtaufnahme dieser schwer gefährdeten Felsbilder zum Ziel gemacht. Bei den heute herrschenden extremen Klimabedingungen bersten die Felsen und mit ihnen die Bilder. Die Aufnahme eilt! Nach Begehung des gesamten Messak Sattafet und Messak Mellet (Abb. 1, 2 und 3) und der systematischen Aufnahme und wissenschaftlichen Aufarbeitung von etwa 5.000 Felsgravuren fühlen wir uns berechtigt, diese außerordentlichen Bilddokumente einer breiteren Öffentlichkeit bekanntzumachen.

Für die einzelnen Wadis (Täler) verwenden wir die Nomenklatur A. Van Albadas, obwohl sie umstritten ist. Die wenigen lebenden Tuareg, die das Gebiet noch kennen, geben unterschiedliche Namen an. Es gibt keine überlieferten, eigenen Namen für die einzelnen Täler. Die Benennungen gelten eher für einzelne Weide- und Wasserplätze, die für die nomadisierenden Hirten und für die durchziehenden Karawanen wichtig waren.

Die Themen dieses Bildbandes wurden absichtlich in einzelstehenden Kapiteln behandelt, da die kulturellen und chronologischen Zusammenhänge noch nicht hinreichend geklärt sind.

Dieser Band soll das Interesse wecken und Reisende zum Besuch anregen. Er kann kein Führer durch die Gebirge sein, er kann auch keinerlei Anspruch auf Vollständigkeit erheben. Eine solche ist bei der Aufnahme von Felsbildern nicht zu errei-

Abb. 3. Bisher bekannte Felsbildstationen in den Gebirgen Messak Sattafet und Messak Mellet. Diese Karte wurde von Axel und Anne Michelle Van Albada angefertigt und veröffentlicht. Wir danken für deren Überlassung.

*Abb. 4. Reibschale mit Reibstein im Wadi Tanezouft. 0RIII25
Reibschalen dienten zum Mahlen von Körnerfrüchten, Farben und anderen Materialien. Sie tauchen im Mesolithikum erstmals auf und sind Ausdruck einer eher seßhaften Lebensform. Auch im Neolithikum (Jungsteinzeit 6.000 bis 2.500 v.Ch.) und auch später sind sie durchaus üblich. Die abgebildete Reibschale weist rundum eine sehr dunkle Patina auf.*

*Abb. 5. Tumulus bei Wadi Alamasse. 36RIV18
Auf der Hochfläche des Messak Sattafet liegen zahlreiche Tumuli (vermutlich Grabmäler) in verschiedensten Ausführungen und Größen. Am häufigsten ist der hier abgebildete Typ von etwa 5-10 Metern Durchmesser. Viele Tumuli wurden bereits in der Antike geöffnet (und beraubt?), andere in der Gegenwart.*

chen. Schatten und Sonnenlicht machen immer wieder andere Bilder sichtbar. Jede Begehung bringt neue Entdeckungen. Jeder Suchende sieht neue und übersieht dabei andere Bilder. Schließlich verhindert die riesige Zahl der vorhandenen Gravuren deren vollzählige Archivierung. So wurde auf die Aufnahme von tausenden stereotypen Bildern von Rindern, Kamelen, Giraffen und Straußen jüngeren Datums aus rein technischen Gründen verzichtet. Eine umfangreiche wissenschaftliche Aufarbeitung der Bilder ist in vollem Gange, sie wird sich aber über viele Jahre hinziehen.

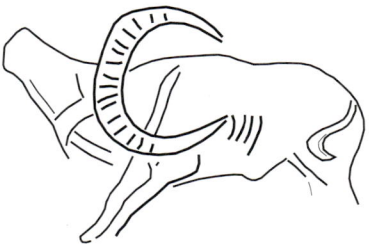

Abb. 6. 19RIII15
Gabriele Lutz bei der Aufnahme von Felsgravuren im Wadi Gedid. Im Bild ein Nashorn mit Fangstein.

*Abb. 7. 9GIII22
Rüdiger Lutz im Wadi In Hagalas.*

2. DIE GEBIRGE MESSAK SATTAFET UND MESSAK MELLET
Geografische Lage, Landschaft, Klima

Die Gebirge Messak Sattafet (der schwarze Messak) und Messak Mellet (der weiße Messak) bestehen aus einer weiten, mehrere hundert Kilometer langen, halbmondförmig von NO nach SW streichenden flachen Tafel, die keinerlei besonderen Erhebungen oder Gipfel aufweist (Abb. 1, 2, und 3) (Abb. XVI-XVII). Diese reicht von Maknussa im Wadi Adjal bis zum Paß von Tilemsin am Südende des Messak Mellet. Mit einer mehrere hundert Meter hohen Steilwand grenzt sie gegen Norden an das Wadi Adjal. Im Westen trennt sie eine Dünenkette vom Akakus. Im Osten dagegen fällt diese flache Hochebene sanft in die Dünen von Murzuk ab (Abb. 8). Dem Besucher zeigt sie sich als rauhe, flache Steinwüste (Hamada) ohne jede Kontur. Die ausgetrockneten Flußläufe oder Wadis (Abb. 9), mehr oder weniger tief eingeschnittene Schluchten, entwässern gegen Osten über das Bett des einstigen Wadi Berdjush in die Pfanne von Murzuk (Abb. 3).

Vielleicht erlebte die Sahara vor etwa 3.500 Jahren (MUZZOLINI 1986) eine letzte bescheidene Phase von Begrünung, seither hält eine kontinuierliche Austrocknung an. Dies spiegelt sich in der Flora wider, und viele Pflanzen sind den extremen Verhältnissen bestens angepaßt. Manche sind sogar Relikte der letzten Feuchtphase.

Auf der Hochfläche selbst sind nur ganz wenige einzeln stehende Bäume erhalten geblieben. In den Schluchten stehen in lockerer Anordnung Bäume (Abb. 9 und 10), meist Akazien, und viele Sträucher. Uralt, sind sie oft umgestürzt, um immer wieder in bizarren Formen neu auszutreiben (Abb. 11). Ein andauernder Raubbau hat ihr Ende beschleunigt. Jahrtausendelang wurden Äste abgehackt und Bäume gefällt, um trockenes Holz für einen nächsten Besuch zu haben. Ein zufällig vorbeikommender Targi nährt auch heute noch Tag und Nacht sein Feuer (Abb. 12). Was irgendwie brennbar ist, wird zu Feuer entfacht, die Glut wird mit Sand abgedeckt, um Holzkohle zu erhalten. Sie geht in die Teeküchen der Oasen. Kein Jungholz hat je Aussicht auszutreiben. So scheint der Messak tot zu sein.

Der kargen Vegetation und trockenen Landschaft entsprechend ist die Zahl der Großsäuger gering. Es ist ein einmaliges Erlebnis, den stattlichen Mähnenschafen oder den Dorkasgazellen zu begegnen. Man sieht diese Tiere nur selten, viel häufiger beobachtet man die Spuren ihrer nächtlichen Wanderungen sowie die von Fuchs, Fennek, Wüstenspringmaus und Hase. Letztere kommen am häufigsten vor. In wärmerer Jahreszeit begegnet man regelmäßig einer meist „hornlosen" Hornviper, seltener der gefährlichen Sandrasselotter (Abb. 13 und 27). Geckos, Warane, Eidechsen, Agamen (Abb. 14) und eine Vielzahl von Kleinvogelarten finden sich in diesem Biotop zurecht. Sie leben von den Fliegen, Insekten und Käfern, die es in großen Mengen gibt. Auch Krähen und kleinere Greifvögel finden ihr Auslangen (DITTRICH 1983). Vereinzelt dringen Dromedare aus den Oasen auf der Futtersuche tief in die Täler ein.

Regnet es einmal, bilden sich reißende Flüsse (Abb. 15), und zurück bleiben die mit kühlem Wasser gefüllten Guelta (=Pfützen) und kleine Seen (Abb. 17). Aus tausenden Samen sprießen Blütenstauden und Gräser. Jahrelang in trockenem Braun liegende Stauden bedecken sich mit grünen Blättern und bunten Blüten (Abb. 19). Wer das Glück hat, das Gebirge nach einem Regenfall zu betreten, wird durch die blühende Schönheit der Landschaft überrascht. Die stehenden Pfützen füllen sich in kurzer Zeit mit zahllosen Insektenlarven, zarte Gräser durchbrechen kraftvoll die hart verkrustete Schlammschicht (Abb. 16 und 18). Die größeren Tiere brauchen dieses Wasser offenbar nicht - sie kennen es nicht. Selten, daß eine Spur zum Wasser führt. Fliegen sind für uns Menschen eine Plage, sie gelangen in den Mund, die Augen und den Rachen. Schwalben und der neugierige Weißbürzelsteinschmätzer machen Jagd auf sie. Die Käfer, die kleinen Nager und Mäuse sind tagsüber unter der Erde, aber die Wüste lebt. In der Morgenkühle, wenn die Sonne sich in herrlicher Pracht erhebt, führt ein Gewirr von tausenderlei Spuren von einem Schlupfwinkel zum anderen (Abb. 20). Die angepaßte Nahrungskette wird weitere Jahrtausende von Trockenheit überstehen. Es gibt einen einzigen Feind - den Menschen.

In der Gegend von In Elauen kann man den Ziegen der wenigen verbliebenen Tuareg begegnen. Diese Haustiere sind Nahrungskonkurrenten für die lokale Wildfauna. Hierzu kommen die Jäger aus der Stadt. Mit automatischen Waffen rotten sie die letzten Mähnenschafe (Abb. 21) und Gazellen aus. Die Schlafplätze der Tiere sind leicht zu entdecken. Im flachen Vorland werden sie mit Autos zu Tode gejagt. Leider gibt es dazu keine Notwendigkeit, denn auf den Märkten mangelt es nicht an Nahrung. Einen Tierschutzgedanken kennt man hier nicht, zweifellos wird er zu spät kommen.

*Abb. 8. In den Dünen von Murzuk. 41RIII12
Ein breiter Serirgürtel (Kieswüste) liegt zwischen den Dünenketten von Murzuk und dem Tafelgebirge Messak Sattafet im Hintergrund des Bildes. In den Tälern und an den Hängen der Dünen finden sich die Zeugnisse vorgeschichtlicher Besiedlung - Steinwerkzeuge, Keramik u.a.m.*

Abb. 9. Wadi In Hagalas. 29RIII0
Die tief eingeschnittenen Täler - Wadi - entwässern überwiegend nach Osten in die Pfanne von Murzuk. Bei starken Regenfällen führen sie auch heute noch Wasser. In ihrem Grund liegen die letzten Reste von Vegetation.

Abb. 10. Akazie im Wadi In Hagalas. 10GIII5A
Auf der Hochfläche selbst haben sich nur ganz wenige, einzelstehende Bäume gehalten. Die im Grund der Wadi überlebenden Bäume, bringen im Frühjahr ein zartes Grün hervor. Aus ihren Wunden quillt Harz. Insgesamt stehen sie unmittelbar vor dem endgültigen Absterben.

Abb. 11. Austrieb aus altem Holz. 11GIV37
Der Todeskampf dieser Riesen zieht sich über Jahrhunderte hin.

Abb. 12. Ahmed sammelt Holz. 6GIII11
Der durch die Sahara ziehende Targi nährt Tag und Nacht sein Feuer. Holz dient zum Bereiten von Tee und zum Backen von Brot. Holzkohle geht in die Oasen. Heute kann man nicht mehr von Raubbau sprechen, die Bäume sind zum großen Teil bereits abgestorben, sie verwittern.

Abb. 13. Sandrasselotter, die giftigste Schlange der zentralen Sahara. 6RII29 Giftschlangen liegen im Sand auf der Lauer. Hier war die Sandschicht zu dünn, um das Tier ganz verschwinden zu lassen.

Abb. 14. Agame. 3RIII34 Frühling in der Sahara. Im prächtigen Hochzeitskleid sonnt sich das Agamenmännchen auf dem Ausgrabungsschutt von Uan Tabu (Akakus).

Abb. 15. Wasserfall aus den Bergen des Akakus. 5RIII5 Regen fällt nur unregelmäßig und äußerst selten. Die Tuareg im Akakus konnten sich nicht an einen derartig starken Regenfall erinnern.

*Abb. 16. Nach Regen im Oberlauf von Wadi Aramas. 8GII14A
Junge Gräser durchbrechen die harten Schlammkrusten.*

*Abb. 17. Guelta im Wadi In Hagalas. 34RIII1
Nach starkem Regen können Wadi tiefes Wasser führen. Zurück bleiben Guelta (kleine Seen) in langer Reihe, gesäumt von blühenden Sträuchern.*

Abb. 18. Aufbrechende Schlammkruste im Wadi Takabar. 8GIV36 Träg fließende Wasser lagern feinen Schlamm ab. Beim Austrocknen zerbricht die Kruste in bizarren Mustern. Tausende Samen überdauern in diesem trockenen Boden.

Abb. 19. Kameldorn im Wadi In Hagalas. 10GIII32A Jahrzehntelang überleben Kameldornstauden als braune, dürre Gerippe. Nach Regenfällen grünen und blühen sie innerhalb weniger Tage.

*Abb. 20. Käfer im Wadi Gedid. 5GII22
Am Morgen verkriechen sich die zahllosen Käfer in ihre unterirdischen Verstecke.*

*Abb. 21. Gerippe eines Mähnenschafes im Wadi Alamasse. 7GIV36A
Das Mähnenschaf - Mufflon - wird heute noch intensiv bejagt. Dieser Mufflon hatte sich am Eingang einer Höhle zum Sterben niedergelegt. Obwohl sehr scheu, ist er wegen seines frischen Bettes leicht aufzuspüren. Naturschutz ist eines unserer ersten Anliegen.*

3. ALLEIN IN DER WÜSTE
Der Alltag bei der Felsbildsuche

Die Gebirge Messak Sattafet und Messak Mellet sind seit langer Zeit unbewohnt, weil die Lebensbedingungen durch die herrschende Trockenheit einen längeren Aufenthalt nicht gestatten. Im Messak Sattafet wohnen im Mündungsgebiet der großen Wadis (trockene Flußtäler) bei In Elauen, nur mehr ganz wenige Menschen. Im vegetationsmäßig etwas begünstigten, benachbarten Akakusgebirge leben zur Zeit noch etwa 80 Tuareg. Sie alle finden mit der Aufzucht von Kamelen und Ziegen ein bescheidenes Auskommen. Nebenher arbeiten die Männer in den Oasen, bei der Polizei oder bei verschiedenen Projekten. Oft sind sie Reiseführer und spielen so eine wichtige Rolle bei der Überwachung des leeren Raumes. Deshalb werden diese wenigen Seßhaften samt ihren Familien von der Regierung unterstützt, mit Wasser versorgt usw.

In den ersten Jahren waren wir sehr zaghaft. Wir waren darauf bedacht, uns nicht allzuweit von den Verkehrswegen zu entfernen. Erst mit zunehmender Erfahrung haben wir die Angst vor der Einsamkeit überwunden. Wir haben aufgehört darüber nachzudenken, wie weit man im Notfall zu Fuß gehen kann, um sich zu retten. Jetzt haben wir die Hemmschwelle überwunden, mit nur einem Auto allein zu sein (Abb. 22). Seither ist die Einsamkeit in der Wüste für uns noch schöner geworden. Wir sind immer im Winter unterwegs. Dies hat viele Vorteile, die Sonne steht tief, so gibt es gute Kontraste bei den Felsbildern. Grelle Sonne und deren Reflex machen die Bilder schwer sichtbar. Die Temperaturen sind angenehm kühl, nachts kann das Thermometer etliche Grade unter Null sinken, im Freien gefriert unser Wasser. Heuer im Januar 1993 hat es geschneit und gegraupelt, und die Dünen in der Ferne waren weiß. Im Januar 1992 hat es heftig geregnet, Wasserfälle sind von den Bergen gestürzt (Abb. 15), und es bestand sogar Gefahr, daß das italienische Grabungslager im Akakus überschwemmt würde (Abb. 23). Morgens ist es meist bitter kalt. Mit schwerem Rucksack und klammen Fingern verlassen wir bei Sonnenaufgang unser Auto. Tagsüber bleibt es im Schatten kalt, in der Sonne angenehm warm - nie zu heiß, am Abend bläst ein kalter Wind. Früher, als wir noch im Dachzelt schliefen und im Freien kochen und essen mußten, war dies schlimm. Mit eiskalten Füßen lagen wir, voll angezogen, stundenlang wach im Schlafsack. Oft gibt es auch diesiges Wetter. Wenn der Wind auf Süden dreht, kommt äquatoriale Luft, es wird unnatürlich warm und feucht. Man schwitzt, das Gehen ist ermüdend, Klima und unnatürliche Beleuchtung drücken auf die Stimmung.

Zur Aufnahme der Felsbilder nehmen wir uns immer ein bestimmtes Wadi vor und begehen es in seiner ganzen Länge, von der Mündung bis zum Ursprung. Es bleibt Gefühlssache, wie weit wir auch die Nebenflüsse untersuchen. Es gibt viel Erfolg, aber auch viel Enttäuschung, wenn man einen ganzen Tag geht und dann nichts findet. Auf der steinigen Hochfläche fahren wir bis möglichst nahe an das Ufer des Wadi heran, dort schlagen wir das Lager auf und von dort aus führen wir unsere Begehungen durch. Ist die Aufnahme eines Abschnittes beendet, versetzen wir uns mit dem Auto bis möglichst nahe an den Endpunkt unserer letzten Begehung. Am folgenden Tag beginnen wir von hier aus mit der weiteren Aufnahme. So arbeiten wir pro Tag bis zu 10 Kilometer auf, je nachdem wie viele Felsbilder wir antreffen. Es bedarf scharfer Augen, daß uns nichts entgeht. Besonders einzelstehende Bilder könnten leicht übersehen werden. Finden wir eine echte Fundstelle, beginnt harte Arbeit. Stundenlang klettern wir in den Felsen auf und ab, um einen Überblick zu bekommen. Manche Bilder liegen unerreichbar hoch in den Felswänden, es bleibt unklar, wie sie überhaupt angefertigt worden sind. Um sie zu erforschen, muß man über eine gute körperliche Verfassung und absolute Klettergewandtheit verfügen (Abb. 24). Oft hält man sich mit einer Hand in schwindelnder Höhe fest, um mit der anderen fotografieren und vermessen zu können. Sogar ins Wasser (Abb. 25) mußten wir steigen, um Felsbilder fotografieren zu können. Der Sandstein ist glatt und brüchig, ein Sturz wäre tödlich. Meist sind wir in großer Eile, weil viele, ähnlich orientierte Bilder zur gleichen Zeit ein günstiges Licht bekommen. Es geschieht häufig, daß Wichtiges nicht fotografiert werden kann. Dann müssen wir zu einer Zeit mit besserer Beleuchtung wiederkommen, dies bedeutet Zeitverlust und viele Stunden Fußmarsch. Dementsprechend bescheiden waren unsere Ergebnisse am Anfang. Nun sind wir sicherer, und wir haben auch bei dem häufig vorkommenden diesigen Wetter eine bessere Technik entwickelt. Wir blitzen die Bilder von der Seite an.

Die Aufnahme einer solchen Felsbildfundstelle kann sich endlos hinziehen, weil immer wieder ein neues Bild auftaucht. Kaum haben wir alles Gerät eingepackt, müssen wir wieder von neuem beginnen. Das ermüdet, es macht stumpf, es bringt uns in ein Stadium der Apathie unserer Aufgabe gegenüber.

Der Weg selbst im Wadi ist schwer und anstrengend. Stundenlang gehen wir in tiefem Sand (Abb. 28). Dann wieder steigen wir lange Strecken über die großen Blöcke einer früheren Stromschnelle. Bald erscheint dieser, bald jener Pfad der bessere zu sein. Der Heimweg kann zur Qual werden, wir sind müde, daher suchen wir den günstigsten und kürzesten Weg. Auf der Hochfläche sind die Steine grob (Abb. 22). Bei jedem Schritt muß man die Füße hoch anheben, die angeschwollenen Zehen brennen, und bei jedem Anstoßen wiederholt sich ein qualvoller Schmerz. Oft schaffen wir nur 2 bis 3 Kilometer in der Stunde. Treffen wir auf einen alten ausgetretenen Kamelpfad, so ist dies eine wahre Wonne. Es gibt viele solcher Pfade. Bei den ganz großen vereinigen sich viele Einzelspuren zu einem Bündel von 20 bis 30 Meter Breite, es sind die Straßen der Karawanen von einst. Die größten kann man am Satellitenbild gut erkennen. Längst macht uns das Zurückfinden zu unserem Auto keine Schwierigkeiten mehr, oft sehen wir den weißen Aufbau schon Stunden vorher am flimmernden Horizont. Nur einmal kamen wir in Schwierigkeiten. Nach zweitägigem Marsch, mit viel zu wenig Wasser, waren wir erschöpft und abgestumpft, wir erkannten unser eigenes Auto nicht mehr. Beinahe wären wir an ihm vorbei und wieder von ihm weg gelaufen.

Einmal machten wir stehend Mittagspause, ein Brot, eine Fruchtschnitte, eine Orange und Wasser. Damals marschierten wir noch in niederen Laufschuhen, die Hosen deckten die Fesseln nicht ab. Plötzlich bemerkten wir, daß Gabriele an den Kopf und auf den Rumpf einer im Sand verborgenen Schlange getreten war (Abb. 27). Nichts rührte sich, war sie tot? Nein! Als ich sie mit einem Stock hervorholte, ergriff sie die Flucht. An ihrem Leib war eine starke Verdickung, sie hatte eben gefressen - daher war sie träge. Wir haben sie ausgiebig fotografiert. Als ich mich, nach einer halben Stunde, nochmals nach ihr umsah war sie anscheinend verschwunden. Doch plötzlich griff sie an, blitzschnell biß sie in meine Schuhspitze. Ich spürte den Stoß und sah den zurückschnellenden Körper.

Ebenso erschreckend war es, als ich beim Klettern in der Wand mit den Händen unmittelbar vor die im Sand verborgene Hornviper griff. Ich darf nicht an die Stürze denken, die gut ausgegangen sind. Ein angeschlagener Knöchel ist zu verschmerzen, schlimmer wäre der Bruch eines Beines. Nur selten vielleicht könnte der eine den anderen tragen, um das rettende Auto zu erreichen. Mir ist der Schreck in Erinnerung, als ich, hoch in der Wand, mit beiden Füßen gleichzeitig abglitt. Zwei gute Griffe haben mich vor einem tiefen Sturz bewahrt.

Riskant ist die Schräglage des Autos, riskant die steile Abfahrt in ein Tal, aus dem es anscheinend keine Rückkehr gibt. Spannend ist das Überqueren eines Wadi im tiefen Fesch-Fesch (trockener Flußschlamm). Die Steine auf der Hamada sind oft so groß, daß ein Weiterkommen unmöglich erscheint. In unseren Breiten kann sich niemand vorstellen, was unser Auto wirklich leisten muß (Abb. 26).

Unvorstellbar schön sind Stunden der Ruhe beim Lager. In einer kleinen Kanne bereiten wir den grünen Tee der Tuareg (Abb. 36). Die nötige Holzkohle erzeugen wir selbst durch Abtöten der Glut im Sand. Grüner Tee muß lange kochen, und er muß sehr süß sein. Auch dies mußten wir erst lernen. Es ist eine andachtsvolle Zeremonie, wenn unsere Freunde Omar oder Ahmed Tee bereiten (Abb. 29). Von Ahmed hat Gabriele das Brotbacken im heißen Sand gelernt (Abb. 30), es ist eine langwierige Prozedur, und sie gelingt kaum beim ersten Mal. Aber frisches Weißbrot mit Butter und Honig schmeckt köstlich.

Die Weihnachtsnacht allein war eindrucksvoll (Abb. 31). Windstille, ein kleiner Strauch mit ein paar Kerzen, frisch gebackenes Brot und Tee vermittelten uns weihnachtliche Geborgenheit und Ruhe, jene Ruhe und Bescheidenheit, die wir alle suchen, aber daheim anscheinend nicht finden können. So wird der Aufenthalt in der Wüste und das Suchen nach Felsbildern zur Sucht, gleich wie das Bergsteigen, bei dem jeder erstiegene Gipfel den Wunsch zur Ersteigung des nächsten weckt.

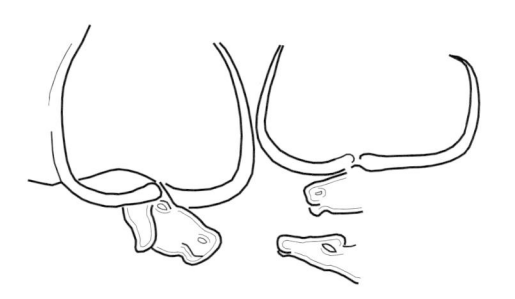

Abb. 22. Unser Auto auf der Hochfläche. 10GIII17A
Die gesamte Hochfläche des Messak ist von grobem Geröll bedeckt. Man nennt diese Art von Steinwüste „Hamada". Die Fortbewegung ist dementsprechend schwierig. Kompaß und Satellitenbilder weisen den Weg. Wir schaffen bestenfalls 3 bis 5 Kilometer in der Stunde.

Abb. 23. Grabung im Akakus. 3GIII17A
Seit über dreißig Jahren gräbt und forscht Prof. Fabrizio Mori im Akakus. Bei der Grabung 1992 im Teshuinat legten Savino Di Lernia und Giorgio Manzi eine vorgeschichtliche Bestattung in 2 Meter Tiefe frei (DI LERNIA e MANZI 1992).

Abb. 24. Aufnahme von Felsbildern im Wadi Aramas. 12G22
Felsbilder liegen in allen Höhenlagen der Wände - manche bis 20 m hoch. Sie können nur von Gerüsten aus angefertigt worden sein. Teleobjektiv und Blitzlicht sind unentbehrliche Behelfe für ihre Aufnahme.

Abb. 25. Aufnahme von Felsbildern im Wadi Tilizaghen A. 7GIII2A
Nicht nur Klettern muß man können, auch Wasser sollte man nicht scheuen. Bild des Kentaurn (Abb. 220), der mit dem Bogenschützen um die Ecke kämpft.

Abb. 26. Auto auf Hamada.
11GIII16A
Reifen und Fahrgestell werden bis aufs Äußerste beansprucht.

Abb. 27. Hornviper in Wadi Aramas. 14G14
Die Hornviper lag im Sand verborgen an einer Stelle, an der wir Mittagspause hielten. Man erkennt die Abdrücke von Gabrieles Laufschuhen, ebenso die Verdickung an der hinteren Schleife des Körpers. Die Schlange hatte gefressen, sie war träge.

*Abb. 28. Im Unterlauf von Wadi Aramas. 37RIII7A
Um die Felsbilder möglichst vollzählig zu erfassen, müssen beide Ufer des Flußlaufes sorgfältig abgesucht werden. Eine solche Aufnahme kann nur zu Fuß erfolgen.*

*Abb. 29. Omar beim Teekochen, Akakus. 5GIII24
Omar ist jahrzehntelanger Führer und Begleiter von Prof. Fabrizio Mori. Er stammt aus der „Sáchra" - der Wüste*

Abb. 30. Brotbacken.
15RIII36A
Ahmed lehrt Gabriele das Backen von Brot im heißen Sand.

Abb. 31. Weihnachtsbaum.
13RIV9
Weihnachten 1992 im Wadi Alamasse.

4. DIE MODERNE ERSCHLIESSUNG
Die Suche nach Erdöl

Auf den durch die Ebene des Wadi Berdjush neu Ankommenden wirkt das Gebirge Messak Sattafet absolut abweisend. Es gibt keine brauchbaren Karten. Es gibt keinerlei Möglichkeit sich zu orientieren. Das gesamte Tafelgebirge präsentiert sich als eintönige, flache Steinebene - die schwarze Hamada (Abb. XVI-XVII). Sie läuft flach in die Ebene von Murzuk aus. Man hat große Mühe, die Mündungen der einzelnen Wadis (Täler) aus der Nähe zu erkennen und aufzufinden. Auf dem Satellitenbild dagegen heben sich diese ausgetrockneten Flußläufe in markantem Weiß von der schwarzen Fläche ab (Abb. 2). Bis vor kurzem war die Suche nach Felsbildern im Inneren des Gebirges ein höchst gefahrvolles Abenteuer. Dies mag der Grund sein, weshalb sich die Forschung jahrzehntelang auf den von Frobenius erschlossenen Raum beschränkte.

In den achziger Jahren überzogen die Erdölsucher das Gebirge mit einem weitmaschigen Netz von Pisten (Abb. 33). Diese erleichterten den Zugang zu den abgelegenen Regionen, jedoch galt es immer noch große Strecken auf schwerster Hamada (Steinwüste) zu überwinden. Seit 1991 hält die englische Firma LASMO eine Konzession zur Förderung von Erdöl im Messak Sattafet. Diese reicht etwa von Ubari bis zum Wadi Gedid. Die mit der seismischen Untersuchung (Abb. 34) beauftragte Firma SSL errichtet seither ein immer dichter werdendes Netz von Pisten im nordöstlichen Teil des Gebirges. In Kürze werden Bohrtürme stehen.

Waren wir ursprünglich sehr enttäuscht über die plötzliche Anwesenheit von Menschen und Maschinen, so haben wir nun langsam umgedacht. Die Pisten erleichtern uns den Zugang zu den Fundstellen. Sahen wir zuerst nur den häßlichen, durch Schubraupen aufgerissenen Boden (Abb. 32), so sind wir heute der Meinung, daß durch den Bau dieser Pisten eine intensivere archäologische Forschung überhaupt erst möglich wird.

Die Mitarbeiter der LASMO sind über das vorhandene Kulturgut informiert, und sie haben genaue Anweisungen, archäologische Stätten zu schonen, insbesondere Steinsetzungen aller Art wie Hütten und Gräber. Wir konnten uns überzeugen, daß auf der Hochfläche und besonders dort, wo die Pisten die Täler überqueren, mit großer Sorgfalt gearbeitet wird: Das Gelände wird vorerst zu Fuß erkundet, und die schweren Schubraupen müssen einen entsprechenden Abstand vom Steilabfall der Wadis einhalten. So können keine Bilder durch herabfallende Blöcke zerstört werden. Auch die kleinformatigen Gravuren, die oft hart am Abgrund liegen und nur schwer erkennbar sind, werden auf diese Weise geschont. Bisher begegneten wir keinen Fundstellen, die durch ihre rezente Bautätigkeit beschädigt worden waren. Dies war in der Vergangenheit nicht immer so. Anläßlich weiter zurückliegender Aktivitäten anderer Firmen mußten wir echten archäologischen Schaden feststellen. An vielen Stellen wurden Tumuli und auch andere Gräber geöffnet.

Im Gegensatz zu früher werden nun auch die aufgelassenen Lagerplätze der Erdölsucher bestmöglich entsorgt und gereinigt. Die Anwesenheit der von LASMO/SSL beschäftigten Menschen hat uns viel Sicherheit bei unserer Suche gegeben. Neben Europäern sind es Fremdarbeiter, die aus allen möglichen Ländern Afrikas kommen. Wann immer wir auf sie trafen, wurde uns Hilfe angeboten. Kaum wurden wir weitab, allein im Gelände stehend, entdeckt, kamen die fremden Fahrzeuge auf uns zu; sie fragten, ob wir Probleme hätten, ob wir etwas benötigten. Wir wurden in die Lager zum Essen, zum Duschen und um Wasser zu tanken eingeladen. Ein einsam vorbeikommender Raupenfahrer drängte uns sein Essen auf: Brot, Orangen und Bananen. Trotz Sprachschwierigkeiten haben wir die Fremden verstehen gelernt (Abb. 35). Sie erzählten von ihren Familien und von ihren Sorgen: Keine Arbeit in ihrer Heimat! Unsere Teeküche: Grüner Tee am eigenen Holzkohlenfeuer, unter freiem Himmel bereitet, hat den Kontakt erleichtert (Abb. 36). Am Gaskocher kann man keinen „grünen" Tee bereiten, er wird nicht gut - mafisch quais! Mike Keane ist verantwortlicher Leiter des Erdölprojektes im Messak Sattafet. Er hat uns während unserer Arbeit im Wadi Mathenduch besucht; er kam persönlich her, um uns alle erdenkliche Hilfe anzubieten. Damals dachten wir nicht daran, daß wir sie je benötigen würden.

Bis heute ist der Zugang äußerst schwierig geblieben. Auch die neuen Pisten sind mit normalen Geländewägen nur sehr schwer zu befahren. Sie erlauben aber das Überqueren der Wadis an vielen Stellen, was früher unmöglich gewesen wäre. Nun können wir auch leichter und näher an die einzelnen Wadis heranfahren. Die Aufnahme selbst erfolgt aber weiterhin zu Fuß.

Nach Beendigung der Erdölsuche wird in weiten Teilen wieder Ruhe eintreten. Verbleiben werden Fördertürme und eine Pipeline, aber es gibt wohl keinen Mike Keane mehr, der über die Kulturgüter wacht. Diese neuen Pisten verbreiten ein trügerisches Sicherheitsgefühl, die Wüste erfordert auch weiterhin alle Vorsicht. Waren wir früher viele Male in völliger Einsamkeit wochenlang alleine unterwegs, lernten wir diesmal die Anwesenheit von Menschen zu schätzen: Weitab im Gebirge brach der Rahmen unseres Fahrzeuges. Rahmenbruch ist das Schlimmste, was dem Afrikafahrer in der Wüste passieren kann. Üblicherweise bleibt das Auto samt der Ausrüstung stehen; dies alles muß man zurücklassen, es ist verloren. Es gibt keine Bergungsaktion, keine Rettung. Um leichter zu werden, ließen wir 200 Liter Trinkwasser ab (Abb. 37). Dies wäre normalerweise ein Todesurteil gewesen. Mit einem Vorrat für eine Woche fuhren wir, soweit der Rahmen noch hielt, in die Richtung, in der wir Menschen vermuteten. Dann blieben wir mitten in der Steinwüste stehen (Abb. 38). Wir haben oft überlegt, wie weit man mit Wasser und leichter Ausrüstung zu Fuß gehen kann, um die nächste Siedlung zu erreichen. Vielleicht hundert, vielleicht zweihundert Kilometer? Wir wissen es nicht. Wir dachten diese Gedanken nie ganz zu Ende, denn wir hatten immer Glück.

Bereits am zweiten Tag kam ein Fahrzeug vorbei, es war Andy von LASMO/SSL. Nun hatten wir Verbindung zur Außenwelt. Wieder kam Mike Keane persönlich, um sich nach uns umzusehen. Vom ersten Kontakt an wußten wir, daß die alles daran setzen würden, um uns herauszuholen. Nach diesem Desaster bekamen wir fast jeden Tag Besuch; Meist war es Andy, er schaute nach, ob alles in Ordnung war. Ein Bergungsversuch mit einem Trailer mißlang, unser Auto war zu schwer. Dann kam ein großer LKW aus Tripolis. Abenteuerlich war das Manöver, bis der Wagen auf seiner Ladefläche stand (Abb. 39). Es war ein Kunststück, das defekte Fahrzeug mit allen möglichen Hilfsmitteln, wie Schienen, Steinen und Seilen auf der Ladefläche rutschfest zu verankern. Die Fahrt über die Steinwüste durch die tiefen Schluchten mit Steigungen von mehr als 30° war ein weiteres aufregendes Abenteuer. Jeder war mit ganzem Herzen dabei, Mike, Pete, Andy, John hatten wohl das know-how für ein solches Unternehmen. Wir erreichten das main camp (Abb. 40). Dort wurde unser Wagen repariert. Kostenlos und selbstverständlich, wie dies in der Wüste üblich ist. Als einziges Honorar erbat Mike einen Vortrag über die prähistorische Felskunst für seine Männer. Alle waren längst von der Schönheit der geheimnisvollen Felsbilder ergriffen, jeder hatte sich im stillen seine Gedanken gemacht. Nun waren wir wieder mobil, wir konnten heimfahren. Der General Manager von LASMO, John Ward, empfing uns persönlich in Tripolis. Er ließ sich alles erzählen, und er wollte unsere Forschung in Zukunft bestmöglich unterstützen, unsere Arbeit sicherer machen. Unvorstellbar, wenn dieser Ausfall in früheren Jahren passiert wäre!

So möchten wir an dieser Stelle allen jenen danken, die uns geholfen haben, insbesondere danken wir Herrn Mike Keane, für den die größten Schwierigkeiten „no problem" sind.

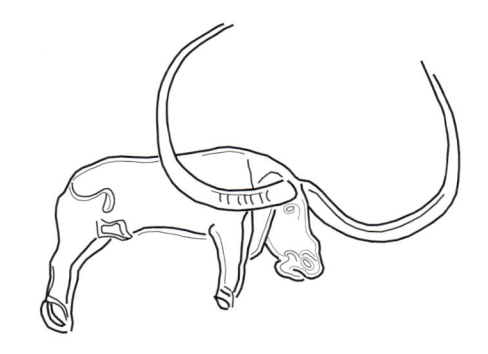

Abb. 32. Pistenbau mit schweren Maschinen im Oberlauf von Wadi In Hagalas. 12GIV2A.

Abb. 33. Erdölpiste im Oberlauf von Wadi In Hagalas. 8GV24
Anläßlich der Erdölsuche wurden der Messak Sattafet und der Messak Mellet in den frühen Achtzigerjahren mit einem weitmaschigen Netz von Pisten bedeckt. Diese Pisten erleichtern die archäologische Erforschung ganz wesentlich.

*Abb. 34. Seismische Messungen der Firmen LASMO/SSL im Messak Sattafet. 7GIV28A
Seit einigen Jahren wird der nordöstliche, erdölhöffige Teil des Messak Sattafet nochmals intensiv untersucht. Im Auftrag der Förderfirma LASMO baut die Seismikfirma SSL Pisten, die das Gebiet in etwa 6 Kilometer messenden Rechtecken erschließen. Entlang dieser Pisten werden mit großen Vibratoren seismische Messungen vorgenommen, um die Lagerstätten einzugrenzen.*

*Abb. 35. Mohammed aus Khartoum beim Verladen unseres Autos. 13GIV11A
Neben Fachleuten aus England sind Arbeiter aus verschiedensten Ländern Afrikas bei der Erdölsuche tätig.*

Abb. 36. Der traditionelle grüne Tee am Holzkohlen-feuer. 11GIV26
Neben dem Absud verschiedenster, wohlschmeckender Kräuter aus der Wüste wird in der Sahara ausschließlich grüner (roher) Tee in kleinen Portionen getrunken. Er kommt zumeist aus China. Langes Kochen und viel Zucker tragen zum Wohlgeschmack bei.

Abb. 37. Ablassen von Trinkwasser im Oberlauf von Wadi In Hagalas. 35RIV13
Um unser beschädigtes Fahrzeug mit eigener Kraft möglichst nahe an bewohnten Raum heranzubringen, wurde ein Großteil des schweren Trinkwassers abgelassen.

Abb. 38. Standplatz des Autos mit gebrochenem Rahmen. 9GIV5A.
Ab einer gewissen Tiefe des Bruches war ein Weiterfahren nicht mehr zu verantworten. Ein totales Durchreißen des Rahmens hätte die Bergung unnötig erschwert.

Abb. 39. Verladung des Wagens. 12GIV35A
Über einen Trailer, der sich für den Transport selbst als zu schwach erwiesen hatte, gelangt unser Fahrzeug auf einen 15 To MAN Allrad LKW.

Abb. 40. Sorgenvolle Gesichter beim Abladen im „main camp". 13GIV33A

5. DIE FELSKUNST IN DER SAHARA
Datierung der Felsbilder in Abhängigkeit vom Klima

An vielen Orten in der gesamten Sahara gibt es Felsbilder: Malereien oder Gravuren. Wichtige Konzentrationen sind jedoch an die Gebirge gebunden. Die vorhandenen Höhlen und Wände boten günstige Voraussetzungen für das Anbringen von Bildern und für deren Erhaltung. Außerdem war der Lebensraum mit Tälern und Flüssen in jeder Zeit freundlicher für den Menschen als das Flachland. Im Verlauf großer Klimaschwankungen bot das Gebirge eindeutig bessere Lebensbedingungen. Die wichtigsten Zentren der Felskunst liegen im Sahara Atlas und im Tassili N-Ajjer (Algerien), im Akakus und im Messak Sattafet (Libyen), im Tibesti (Tschad), auf dem Plateau von Djado (Niger) und im Ennedi (Sudan) (STRIEDTER 1984).

Zum besseren Verständnis der Felskunst geben wir hier die heute allgemein geltenden Ansichten über die klimatischen Verhältnisse wieder, die in den letzten 20.000 Jahren in der zentralen Sahara herrschten. Sie sind mangelhaft abgesichert, und jeder Autor gibt andere Daten an. Dies besonders deshalb, weil das Klima in den uns interessierenden Gebieten sowohl von Süden (Äquatorialafrika) als auch von Norden (Eiszeiten und Mittelmeer) beeinflußt wurde. Man kann klimatologische Forschungsergebnisse aus Ägypten nicht mit solchen vom Tschadsee gleichsetzen, ebensowenig die aus dem Tibesti mit jenen von der Mittelmeerküste. Erst anläßlich der Italo-Lybischen Forschungsexpeditionen 1992/93 und 1993, an denen auch wir teilnehmen durften, ist durch Prof. Mauro Cremaschi eine konkrete Klimaforschung für den Messak betrieben worden (CREMASCHI 1994). Seine Ergebnisse bestätigen den unten wiedergegebenen Ablauf zumindest für die letzten 10.000 Jahre. Grundsätzlich dürfte das hier angeführte Schema, mit vielen kurzzeitigen Schwankungen, zumindest für die letzten 12.000 Jahre, weiterhin gültig sein (BUTZER 1978, JÄKEL 1978, KUPER 1978). Wesentlich problematischer ist der Zeitraum von 20.000 bis 10.000 v.Chr., den wir zur Zeit als postatériene-Aridität bezeichnen. Folgen wir den Erkenntnissen Jäkels aus dem Tibesti, so könnten auch in diesem Zeitraum, zumindest zeitweise, durchaus günstige Lebensverhältnisse im Messak geherrscht haben.

Die zentrale Sahara war während der letzten Million Jahre grundsätzlich Wüste, als solche aber immer wieder ausgeprägten Klimaschwankungen unterworfen. Die zu Milliarden an der Oberfläche liegenden Steinwerkzeuge und deren Abschläge bezeugen, daß sie in ihrer gesamten Ausdehnung immer wieder von Menschen besiedelt war.

Dies gilt auch für den für die Felskunst in Frage kommenden Zeitraum, nämlich das Holozän. Diese jüngere Epoche des Quartärs setzt um ca. 10.000 v.Chr. ein und dauert bis heute. Ihr Beginn wird markiert durch den Rückzug des Inlandeises aus Mitteleuropa und einen kräftigen Anstieg der Niederschläge anderswo, so auch in der zentralen Sahara. Vorausgegangen war (ca. 20.000 bis 10.000 v.Chr.) eine extreme Trockenphase und eine Wüstenlandschaft, die kaum Lebensraum für Mensch und Tier bot. Die frühholozäne Klimaverbesserung resultierte in einer sahelähnlichen Landschaft mit flachen Seen; Bäume und Sträucher gab es vor allem entlang der Wadis, die über Monate hinweg Wasser führten. Die afrikanische Großtierfauna wanderte allmählich nordwärts in die Sahara, schließlich wurde sie in den Gebirgstälern heimisch. Zweifelsohne folgten Jäger und Sammler den Tieren in diese neuen Gebiete.

Diese erste Feuchtphase reichte bis an den Beginn des 6. Jahrtausends v.Chr. Nach einer Trockenphase von 1.000 Jahren setzte um 5.000 v.Chr. erneut eine kräftige Klimaverbesserung ein, die bis etwa 2.500 v.Chr. anhielt. Sie muß tiefgreifend gewesen sein, Flußsysteme aus dem Tibesti erreichten die Küste des Mittelmeers (PACHUR 1987). Erneut drangen Jägervölker in den weitgehend menschenleeren Raum ein, auch die afrikanische Fauna wanderte in die wiederbegrünten Landstriche zurück. Bald danach (um 4.500 v.Chr.) tauchten erstmals in großer Zahl Hirten mit Rindern, Schafen und Ziegen in der Zentralsahara auf, das heißt, erst ab diesem Zeitpunkt ist ihre Anwesenheit bewiesen. Es ist offensichtlich, daß es weiterhin ein Nebeneinander von Jäger-Sammlern und Hirten gab. Erstere wanderten im Laufe der Zeit entweder ab oder sie schlossen sich den Hirten an, nicht zuletzt weil der Wildreichtum infolge der Landnahme von Pastoralisten und der zunehmenden Zahl der Haustiere stetig abnahm. Jedenfalls waren in späterer Zeit die Hirten und Bauern in der Überzahl, ohne aber die Jäger ganz aus den Bergen zu verdrängen. In dieser Zeit, der sogenannten „Neolithischen Revolution", gibt die Felskunst sogar Hinweise auf die mögliche Kenntnis von Ackerbau (?) (Abb. 181 und 182). So tritt Vorratswirtschaft an Stelle der rein ausbeuteri-

Relative Chronologie der Felsbilder

annähernde Reproduktion. **Lhote**: Saharaatlas, Tassili. **Mori**: Akakus. **Muzzolini**: Atlas, Fezzan, Tassili

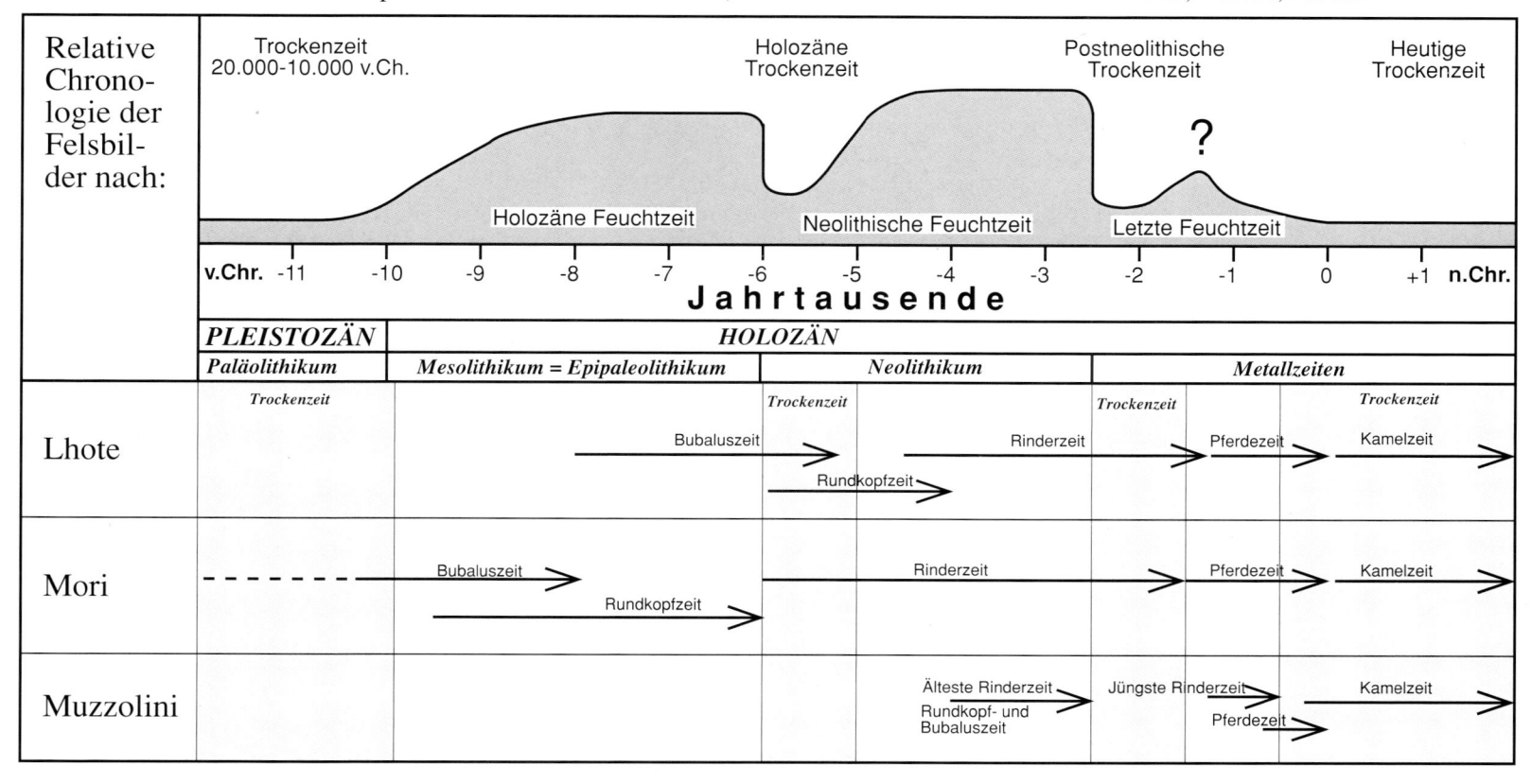

Relative Chronologie der Felsbilder nach:	Trockenzeit 20.000-10.000 v.Ch. / Holozäne Feuchtzeit	Holozäne Trockenzeit / Neolithische Feuchtzeit	Postneolithische Trockenzeit / Letzte Feuchtzeit	Heutige Trockenzeit
v.Chr. -11 -10 -9 -8 -7	**PLEISTOZÄN** / Paläolithikum	-6 -5 -4 / **HOLOZÄN** Mesolithikum = Epipaleolithikum / Neolithikum	-3 -2 -1 / Metallzeiten	0 +1 **n.Chr.**
Lhote	Trockenzeit	Bubaluszeit → / Rundkopfzeit →	Trockenzeit / Rinderzeit →	Trockenzeit / Pferdezeit → Kamelzeit →
Mori	----→ Bubaluszeit → / Rundkopfzeit →		Rinderzeit →	Pferdezeit → Kamelzeit →
Muzzolini			Älteste Rinderzeit → / Rundkopf- und Bubaluszeit	Jüngste Rinderzeit → / Pferdezeit → Kamelzeit →

schen Lebensformen des auslaufenden Mesolithikums.

Zwischen 2.500 und 1.500 v.Chr. bot die Sahara erneut ein ähnlich trockenes Bild wie heute. Einer mäßigen Begrünung um 1.500 v.Chr., die für den Messak nicht mit Sicherheit nachgewiesen ist, folgte eine stetige Austrocknung, die bis heute anhält (JÄKEL 1978) (MUZZOLINI 1986).

Für die Felskunst der Sahara, sowohl für die Gravuren als auch für die Malereien, gibt es zur Zeit noch sehr wenig absolute Datierungen. Das heißt, es gibt kaum Daten, die durch Grabungen und C14 (Radiokarbon)-Bestimmungen abgesichert sind. Dies trifft besonders für die frühesten Gravuren zu; man weiß nicht, wann sie entstanden sind. Viele Forscher haben sich mit dem Problem der Datierung befaßt, und alle sind zu einem ähnlichen, hypothetischen Ergebnis gekommen. Seit den dreißiger Jahren wurde eine sogenannte „Relative Chronologie" der Felsbild-Darstellungen in der Sahara vorgeschlagen, bei der man fünf zeitlich aufeinanderfolgende Perioden unterschied. Man ging davon aus, daß die Bilder von großen Wildtieren zwangsläufig älter seien als die von Haustieren. Diese Annahme, die nur vom Bildinhalt ausgehen konnte, fußte hauptsächlich auf den Bildern des Sahara Atlas, des Tassili N'Ajjer (LHOTE 1975, 1978) und Akakus (MORI 1992). Diese relative Chronologie der Felsbilder hat man mit dem Klimaablauf in Einklang gebracht, um zu einer absoluten Datierung zu kommen.

1. Bubalus - Periode oder Zeit
   vor 6.000 v.Chr.
2. Rundkopf - Periode oder Zeit
   7.000 bis 6.000 v.Chr.
3. Rinder - Periode oder Zeit
   5.000 bis 2.500 v.Chr.
4. Pferdezeit
   1.500 v.Chr. bis Zeitenwende
5. Kamelzeit
   Zeitenwende bis heute

1. Zu der **Bubalus- Zeit**, auch Wildtier- oder Jägerzeit genannt, gehören ausschließlich Gravuren; sie wurden in das frühe Holozän (10.000 - 6.000 v.Ch) gestellt. Es sind die Bilder von Menschen, die sich überwiegend mit dem Jagen und Sammeln befaßten. Der Name Bubalus (Abb. 41) bezieht sich auf einen häufig abgebildeten, bereits vor etwa 5.000 Jahren ausgestorbenen mächtigen afrikanischen Altbüffel, der meterlange Hörner trug und mit dem heutigen Kaffernbüffel nahe verwandt sein dürfte. In gleicher Art findet man Bilder des gesamten afrikanischen Großwildes, z.B. Elefant, Nashorn, Giraffe, Büffel, Löwe, vielerlei Antilopen und Gazellen, Wildesel u.a.m.. Das Krokodil und das Flußpferd betonen den Reichtum an Wasser. In dieser Periode spielte der Mensch den Tierbildern gegenüber eine untergeordnete Rolle. Als Jäger wurde er selten und eher kleinformatig abgebildet.

2. Eine künstlerische Epoche, die der Vollständigkeit halber genannt sein muß, obwohl ihre Bilder im Messak Sattafet selbst nicht vorkommen und daher in diesem Band auch nicht abgebildet werden, ist die „**Rundkopfzeit**" (Abb. 42). Sie äußert sich nur als Malerei und beschränkt sich gebietsmäßig auf den Akakus und das Tassili N-Ajjer. Diese lokale Begrenzung und die besondere Eigenart der Bilder legen die Vermutung nahe, daß es sich bei diesen Künstlern um Angehörige ganz bestimmter Volksgruppen handelte. Sie wird von Lhote (LHOTE 1978) und Mori (MORI 1992) in die Zeit zwischen 7.000 und 6.000 v.Chr. gestellt, wofür eine absolute Beweisführung bisher fehlt. Ihren Namen trägt sie wegen der runden, meist direkt am Körper aufsitzenden Köpfe der Menschenbilder. Besondere Merkmale dieser Kunst sind Stilisierung und Abstraktion. Sie befaßt sich kaum mit Großwild, aber auch nicht mit domestizierten Tieren. Der Kult scheint eine besondere Rolle gespielt zu haben.

3. In der nachfolgenden neolithischen Feuchtphase (5.000 bis 2.500 v.Chr.) überwiegen die Abbildungen der domestizierten Tiere. Rinder, Schafe, Ziegen und Hunde. Vom überwiegend abgebildeten Motiv her nennt man diese künstlerische Epoche die „**Rinderzeit**" (Abb. 43). Nun tritt vermehrt auch der Mensch in seinem Alltagsleben auf. Für diese Zeit liegen absolute Datierungen aus dem Akakus und dem Tassili vor, die mit den Rinderbildern in Beziehung gebracht werden können.

4. In der sogenannten „**Pferdezeit**" (Abb. 44), sie läuft von etwa 1.500 bis zur Zeitenwende, werden die Menschen in Doppeldreieckform mit stäbchenförmigem Kopf abgebildet. Sie tragen Waffen aus Metall, sie besitzen Pferd und Wagen. Es sind die Bilder der Metallzeiten, der erobernden Seevölker und der Garamanten. Sie fallen in die Zeit nach der letzten mäßigen Begrünung.

5. Um die Zeitenwende kommt das Dromedar in die Sahara, und es ist von nun ab fast ausschließliches Motiv der bildnerischen Kunst. Diese als „**Kamelzeit**" (Abb. 45) bezeichnete Epoche dauert bis zum heutigen Tage an.

Hat man bis vor kurzem die relative Chronologie der Felsbilder und den Klimaablauf grob parallelisiert, um eine absolute Datierung zu bekommen, und dies für weite Teile der Sahara angewandt, wird dies heute von Alfred Muzzolini und seinen Anhängern strickt abgelehnt und vehement bekämpft. Seiner Meinung nach ist das Festhalten an einer Bubalus- Zeit nicht möglich, da er überzeugt ist, daß es sich bei dem am häufigsten in dieser Periode dargestellten Tier um das Rind handelt genau wie in der Rinderperiode. Muzzolini kann keinen zeitlichen Unterschied zwischen frühen Wildtierbildern und den frühesten Rinderbildern erkennen. Er vertritt für den Beginn der Felskunst insgesamt eine Datierung ab 4.000 v.Chr. (MUZZOLINI 1993) und wendet dies für die gesamte zentrale Sahara an (Atlas-Tassili-Fezzan). Diese Datierung, die im wesentlichen auf der Kenntnis und dem Studium der Felsbilder des Sahara Atlas und des Tassili N'Ajjer beruht, kann mit einiger Einschränkung (Rundköpfe) zumindest für die Malereien des Tassili durchaus zutreffend sein. Niemand zweifelt daran, daß sie rinderzeitlich sind. Für die Gravuren im Sahara Atlas (FROBENIUS 1925) (LHOTE 1984) und im Wadi Djerat (LHOTE 1975) muß man jedoch große Bedenken anmelden. Bezieht man aber die vielen tausend nun neu aufgetauchten Bilder des Messak in diese vergleichenden Studien ein, ist eine solch junge Datierung absolut undenkbar (AUMASSIP 1993). Der Messak setzt neue Akzente. Die Entdeckungen von Frobenius, Graziosi, Lhote und anderen wurden von Muzzolini zwar in seine theoretischen Erwägungen mit einbezogen, aber sie lagen ihm offensichtlich nur als Fotografien oder als Strichzeichnungen vor. Ihm fehlte die direkte Kenntnis der Felsbilder in ihrer natürlichen Umgebung. Unserer Meinung nach ist es unmöglich, Felsbilder von Fotografien oder Zeichnungen aus zu beurteilen. Immerhin veranlaßt Muzzolinis gewagte Hypothese zu erneutem Überdenken. Wir beschäftigen uns ausgiebig mit ihr, weil sie intensiv und eher untolerant vorgetragen wird. Muzzolini hat aber das zeitliche Nebeneinander von Wildtieren und Haustieren als erster klar erkannt und beschrieben.

Es wäre besser, wenn zwischen den wenigen, an dieser Forschung beteiligten Personen - Fachleuten wie Amateuren - statt Konkurrenzkampf und beschämender Polemik, ein positiver Gedankenaustausch stattfinden würde. Zusammenarbeit würde mehr Erfolg und Befriedigung bringen.

Wollte man den gesamten vorrinderzeitlichen Bildschmuck des Messak nach dem Modell Muzzolinis ausschließlich in der neolithischen Feuchtzeit ansiedeln, so müßte man die frühesten Wildtierbilder in den 500 Jahren zwischen 5.000 und 4.500 v.Chr. unterbringen; das heißt, vor der (nachgewiesenen) Introduktion der Haustiere. Sicher könnte man auch einen solchen Ablauf diskutieren, aber unser eigenes Studium von Stil, Patina, Erosion und Überlagerung (der Gravuren) spricht ganz eindeutig gegen eine so stark komprimierte Einordnung. Es besteht auch keine Notwendigkeit hierzu. Warum sollte das holozäne Klimaoptimum von 10.000 bis 6.000 v.Chr. keinerlei menschliche Leistung hervorgebracht haben? Anderswo tauchen Felsbilder bereits zehntausend Jahre früher auf. Auch in der Sahara handelt es sich um befähigte Kulturen! Sicher fehlen zur Zeit für den Messak die wirklich frühen, absoluten Datierungen (10.000 bis 6.000 v.Ch), die wir erwarten. Der Umstand, daß man sie bisher nicht gefunden hat, ist kein Beweis gegen ihr Vorhandensein - man hat noch nicht nach ihnen gesucht.

Dieser jungen Chronologie Muzzolinis widersprechen vor allem die Ergebnisse der zahlreichen Grabungen, die in den letzten drei Jahrzehnten von Mori (Abb. 46) und anderen im benachbarten Akakus durchgeführt wurden. Die erhaltenen absoluten Datierungen beweisen, daß der Raum seit sehr früher Zeit kontinuierlich besiedelt war. Die drei ältesten davon weisen ein Alter von 8.640, 9.080 und 9.100 BP (= vor heute) auf. Das heißt, sie gehen auf 7.000 v.Chr., also vor die angenommene holozäne Austrocknung zurück. Das Alter der rinderzeitlichen Malereien des Akakus ist durch C14 Datierungen Moris eindeutig belegt. Man kann Ergebnisse, die in Feldarbeit erbracht wurden, nicht in theoretischen Erwägungen als ungültig erklären, ohne sie durch bessere Daten zu ersetzen. Auch die vor Jahrzehnten von Mori postulierte relative Chronologie der frühesten Gravuren von Ti-n-ascigh im Akakus (MORI 1978) paßt ohne Widerspruch in unsere eigenen Ergebnisse. Mori schlägt für die frühesten Wildtierbilder allerdings eine wesentlich ältere, ins Pleistozän zurückreichende Datierung vor. Die Klimabefunde Jäkels würden dies ohne weiteres zulassen (JÄKEL 1978).

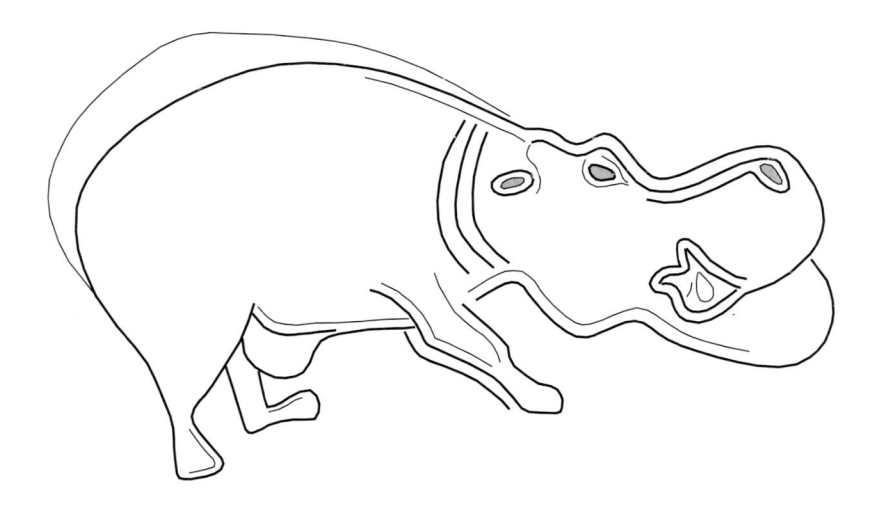

Abb. 41. Bubalus antiquus (B 105 H 115). Wadi Tilizaghen. 6R3 Das Bild des Bubalus antiquus oder Syncerus caffer antiquus war namensgebend für eine gesamte frühe Epoche der Felskunst. Dieses einmalige Bild wurde bereits 1932 von Leo Frobenius entdeckt. Archaischer „dekorativer" Stil.

Abb. 42. Rundköpfe, Malerei aus dem Tassili, Tin Tazarift.

Abb. 43. Rind, Malerei aus dem Tassili, Jabbaren.

44   45

*Abb. 44. Malerei aus der Pferdezeit. Akakus.
Pferdegespann im Galopp.
Doppeldreieckmenschen mit stäbchenförmigem Kopf.*

*Abb. 45. Malerei der Kamelzeit. Wadi Djerat (Tassili).
Kamel mit Reiter und Waffen.*

*Abb. 46. Prof. Fabrizio Mori, Universität Rom „La Sapienza". 6GIII28
Mori gräbt und forscht seit über dreißig Jahren im Akakus.*

6. DAS BILD IM MESSAK SATTAFET UND MESSAK MELLET
Relative Chronologie, Technik, Stil, Patina, Erosion, Malerei, Felsbildgalerien

Die neuentdeckten Felsgravuren des Messak Sattafet und Messak Mellet verlangen eine getrennte Aufarbeitung und ein neuerliches Überdenken des gesamten Problemkreises der relativen Chronologie. Unsere Forschungsarbeiten stehen erst am Beginn, endgültige Ergebnisse liegen noch nicht vor. Bisher sind keinerlei systematische Grabungen unternommen worden, und daher gibt es auch keine absoluten Datierungen, die mit den Felsgravuren dieses Raumes in Beziehung gebracht werden können. Sicher war die Region um 5.000 v.Chr. bereits bewohnt, wie die C14 Datierung (6.825 +-90 BP, unkalibriert) einer Probegrabung von Prof. Cremaschi (Abb. 100) in einer von uns in Wadi Aramas entdeckten Bilderhöhle (LUTZ 1992a) ergab (siehe Kapitel 9 „Höhlen und Abris"). Die Bilder stammen aus der Rinderzeit.

Anläßlich der „Missione Italo-Libica 1993", auf der uns die Archäologin Elena Garcea von der Universität Rom begleitet hat, haben wir eine erste vollständige Begehung aller großen Wadis im Messak Sattafet und Messak Mellet abgeschlossen. Das Ergebnis liegt in vielen tausend Bildern vor. Die künstlerische Qualität und die Zahl der Felsbilder ist im Quellgebiet der großen Flüsse zwischen Wadi Imrawen und Wadi Alamasse am größten. Dort liegen die großen, weiten Serirflächen (Kieswüsten), die einstmals ideale Weideflächen geboten haben. Hier häufen sich die Bilder der Großsäuger Bubalus, Auerochs (*Bos primigenius*) und Büffel. In den Randgebieten des Messak verarmt die Felskunst, und es kommen rezente Einflüsse zum Tragen. Dies läßt den Schluß zu, daß sich die in den Felsbildern ausdrückende frühe Kultur eigenständig im Herzen des Gebirges entwickelt hat.

Frau Garcea hat das Steinwerkzeug eingehend untersucht, und wir erwarten ihre Ergebnisse. Ein Mesolithikum oder Epipaläolithikum (10.000 bis 6.000 v.Chr.), das den frühest vermuteten Felsbildern entsprechen müßte, haben wir bisher nicht gefunden. Sehr wohl haben es Mauro Cremaschi und Savino Di Lernia (CREMASCHI 1994) auf den gegenüberliegenden Dünen ausgemacht. Das Atérien (40.000 bis 20.000 v.Chr.) ist reich vertreten. Es könnte länger angedauert haben als z.Z. angenommen wird. Auch das Neolithikum (6.000 bis 2.500 v.Chr.) könnte früher begonnen haben. Ebenso ist es aber denkbar, daß der große Wasserreichtum der neolithischen Feuchtzeit das vorangegangene Mesolithikum im Gebirge nachhaltig überdeckt und verschüttet hat.

Im Messak Sattafet und Messak Mellet kommen fast ausschließlich Felsgravuren vor. Allgemein sind Felsgravuren großformatiger als Felsmalereien. Die größten gravierten Einzelbilder messen bis zu 8 m (Abb. 47 und 48). Für ihre Ausführung lassen sich drei Methoden unterscheiden: Schleifen, Picken (punktförmiges Schlagen) und Ritzen. Im allgemeinen wurden die Linien eines Felsbildes mit einem weichen Werkzeug (Holz?), wahrscheinlich auch direkt mit Stücken des anstehenden Rohmaterials, dem Sandstein, U- oder V-förmig in die Unterlage geschliffen. Die Unterlage selbst schwankt vom weichen Sandstein über viele Härtestufen bis zum Quarzit und zum reinen Silex (Feuerstein, Flint). Die kräftigsten Linien erreichen 6-7 cm Tiefe (Abb. 49, 78 und 134). Der Versuch zeigt, daß diese Tätigkeiten durch Hinzufügen von Wasser wesentlich erleichtert oder überhaupt erst ermöglicht wurden. Der Sandstein selbst ist der beste Schmirgel. Harte Steinchen (Hindernisse) im Untergrund wurden nicht ausgebrochen, sondern weich überschliffen (Abb. 50). Die Linien gehen künstlerisch meisterhaft über alle Unebenheiten und Hindernisse der Felsunterlage hinweg. Die Vorzeichnung zum Bild wurde geritzt oder gepickt (Abb. 51). Häufig kann man die Reste dieser Vorarbeit am Rande der geschliffenen Linien erkennen. Noch eindeutiger erkennt man sie an nicht fertiggestellten Bildern. In früher Periode blieb die für das Bild vorgesehene Grundfläche und auch die Bildfläche selbst unbearbeitet - roh (Abb. 66). Das Glätten und Bearbeiten von Grund- und Bildfläche ist das Merkmal einer späterer Periode (Abb. 74). Besonders qualitätsvolle Bilder sind als erhabenes Flachrelief ausgeführt, dies trifft besonders für die Menschenbilder im südlich gelegenen Messak Mellet zu. Bei anderen Bildern wurden Linien doppelt geführt, und der dazwischenliegende Steg vermittelt den Eindruck eines Reliefs. Besonders die Sinnesorgane wurden in erhabener Art hervorgehoben. (Abb. 52, 53 und 70). Diese sogenannte Relieftechnik ist nicht unbedingt Ausdruck von zeitlicher Periode, sondern eher von besonderer Qualität. Die geschliffene Linie überwiegt, die gepickte Linie kommt besonders bei ganz alten oder bei jüngeren Bildern vor. So sind fast alle Darstellungen der Kamelzeit gepickt (Abb. 82). Picken ist auch die Technik der Vorbereitung zum Glätten und Schleifen von Bildflächen. Picken diente auch beim Auffrischen von Bildern (Abb. 54). Das heißt, Felsbilder wurden, nachdem sie durch Patinabildung verblichen waren, durch leichtes Picken ihrer Linien wieder sichtbar gemacht. Es kommen auch Bilder auf harter (Silex, Feuerstein-) Unterlage vor (Abb. 55, 94 und 95). Die Linien dieser hervorragenden, kleinformatigen Arbeiten sehen aus, als wären sie in den Stein geschnitten worden. Diese Technik des Ritzens ergibt einen besonders feinen Strich. Sie bleibt jedoch einer kleinen Zahl von Felsbildern vorbehalten, die hier im Kapitel 8 „Die Kleinkunst" getrennt behandelt werden (LUTZ 1995a). Malereien kommen im Messak Sattafet nur ganz vereinzelt vor. Vom Stil her gehören sie überwiegend in eine späte Periode: Die Pferde- bzw. Kamelzeit (Abb. 56). Es ist zur Zeit nicht zu entscheiden, wie weit Felsgravuren zusätzlich mit Farben versehen waren. Bisher wurde an einer einzigen Fundstelle, unter einem Überhang im Wadi Gedid, ein eindeutig rot gefärbter Rinderkopf entdeckt (Abb. 57).

RELATIVE CHRONOLOGIE FÜR DEN MESSAK SATTAFET UND MESSAK MELLET

In Ermangelung absoluter Datierungen müssen wir uns einstweilen mit einer relativen Chronologie, also dem zeitlichen Aufeinanderfolgen der Bilder begnügen. Um zu einer solchen zu gelangen, bedienen wir uns der folgenden Kriterien, die sich einstweilen ausschließlich auf das Studium der Bilder und auf den Zustand ihrer Felsunterlage stützen.

1. **Überlagerung** bedeutet, daß über ein bereits verblichenes oder stark patiniertes Bild ein frisches gelegt wurde. Hierher gehört auch die Überarbeitung (Auffrischung) eines bereits verblichenen Bildes, ebenso nachträgliche Veränderungen wie z.B. das Anbringen zusätzlicher Augen (siehe Kapitel 7 „Das Auge").
2. **Bildinhalt.** Ausgestorbene Großtiere wie der Bubalus antiquus, gegenüber domestizierten Rindern, Pferden und Kamelen. Tiere von Feuchtzeit oder Trockensavanne.
3. **Größe der Abbildung.** Nach unseren Beobachtungen tritt im Laufe der Zeit Verkleinerung ein. Felsgravuren messen zwischen 10 cm und 8 m.
4. **Primäre Flächen.** Das heißt große, glatte Felsplatten am Wandfuß im Zentrum der Felsbildgalerien, die sich vorrangig zur Bearbeitung angeboten haben.
5. **Patina.** Dunkelfärbung der Felsoberfläche durch die Ablagerung von Metalloxiden, besonders Mangan und Eisen.
6. **Erosion.** Witterungsbedingte Zersetzung der Felsoberfläche, hervorgerufen durch: Sandsturm, Regen, Temperaturunterschiede.
7. **Technik und Ausführung.** Ausführung der Linien, geschliffen oder gepickt. Bearbeitete oder rohe Grund- und Bildflächen.
8. **Stilrichtung.** Profil- oder Frontzeichnung. Umrißlinie des gesamten Tieres mit zwei bzw. vier getrennten Beinen (Abb. 74). Im Gegensatz hierzu jeweils zwei Beine in Perspektive (Abb. 141). Spitze Beine, Dreieckbeine. Vom strengen, detailgetreuen Naturalismus zu Vereinfachung, Stilisierung und Abstraktion. Von statischer Perspektive zur Bewegungsstudie.
9. **Geistiger Inhalt.** Kult, Symbole, Zeichen.

Das einmal geschaffene Bild war im Laufe der Zeit mannigfaltigen Abnützungserscheinungen unterworfen. Vier Faktoren haben die Bilder nachhaltig verändert: Patinabildung, Erosion, Überlagerung und Umarbeitung.

Patina: Als Patina bezeichnet man die dunkle Farbschicht, die freiliegende Felsoberflächen und Steine in der Sahara heute aufweisen. Die gesamte Fläche des Messak wirkt tiefschwarz, daher auch sein Name Messak Sattafet = Das schwarze Gebirge. Auch die Felsgravuren tragen eine Patina verschiedener Intensität. Das frische Bild war ursprünglich hellgelb oder rötlich wie der frische Bruch des Sandsteines, auf dem es gefertigt ist.

Laut Cremaschis Arbeiten (CREMASCHI 1992b und 1994) besteht die Patina aus einer wenige Micron dicken Schicht von Eisen- und Manganoxiden, die, von außen angeweht, durch Bakterien auf der Felsoberfläche fixiert bzw. angereichert worden sind. Dieser Vorgang konnte nur bei gewissen, eng begrenzten Feuchtigkeitsverhältnissen stattfinden. Der Sandstein selbst enthält so wenig Mangan, daß eine solche Konzentration an der Oberfläche nicht zu erklären wäre. Cremaschi unterscheidet zwei Patinen: Eine schwarzbraune mit hohem Mangangehalt, die allgemein als Wüstenlack bezeichnet wird und eine rote, die fast ausschließlich Eisenoxid enthält. Die erste weist er einem feuchten, sauren, die zweite einem jüngeren, trockeneren, alkalischen Milieu zu. Dunkle Patina ist also ein Phänomen von Feuchtzeit. Cremaschi hat bewiesen, daß sie sich nur einmal um 3.000 v. Chr. gebildet hat. Dies ist stichhaltig, weil er im Schnitt unterm Elektronenmikroskop nur einen einzigen, gleichartigen Aufbau erkennen kann (Calciumphosphate, darüber die Schwermetalloxide von Mn und Fe abgedeckt von einer aluminium-siliciumhaltigen Tonschicht). Somit scheidet eine dunklere Patinabildung aus mehreren solchen übereinanderliegenden Schichten, die aus verschiedenen Epochen stammen könnten, einstweilen aus. Steine, die heute im Boden stecken, sind im allgemeinen an den freiliegenden Flächen dunkel patiniert, an den im Boden eingebetteten hell. Dieses Phänomen hat Cremaschi erfaßt, und er hat es an zwei Grabungen mit ca 5.000 Jahren vor heute = 3.000 v.Chr. konkret datiert (5.213 +/-80 BP und 4.915 +/-79 BP). Dies ist für ihn der Zeitpunkt, in dem sich die schwarze Patina gebildet hat (CREMASCHI 1994). Es gilt als unbestritten, daß um diese Zeit ein vollfeuchtes Klima herrschte.

Auch die Linien und Flächen der Felsgravuren sind heute unterschiedlich patiniert. Wir selbst unterscheiden bei der Aufnahme von Felsbildern nur nach der Intensität der Farbe der gravierten Linien des Bildes im Verhältnis zur Felsunterlage (natur, dunkel, heller und sehr hell). Innerhalb der dunklen Patina gibt es starke Intensitätsunterschiede. Wie erwähnt ist zur Zeit ungeklärt, wie sich Patina intensivieren konnte, ohne neue zusätzliche Schichten aufzubauen. Es sei denn die Eisen- und Manganionen hätten sich (als Komplexe gebunden) in der Art eines Chromatogramms fortwährend in derselben Schichte angereichert. Die „rote Patina" betrachten wir als unbestritten. Wir sind aber der Meinung, daß sich die dunkle Patina fortwährend im Laufe der holozänen und der neolithischen Feuchtzeiten - und auch schon früher - gebildet bzw. intensiviert hat. Demgemäß sind die älteren, stark erodierten Felsbilder meist von einer sehr dunklen, fast schwarzen Patina überzogen, die der Farbe ihrer Felsunterlage vollkommen entspricht. Jüngere Bilder aus der Rinderzeit tragen eine hellere, oft rötliche Patina. Auf Felsbildern der Pferde- bzw. Kamelzeit, die während der letzten, trockenen 3.000 Jahren entstanden sind, hat sich keine Patina mehr gebildet.

Ohne konkreten Beweis, ausschließlich dem Gefühl folgend, stellen wir uns vor, daß die frisch gefertigten Felsgravuren zu jeder Zeit als helles Bild auf dunklem Untergrund vorlagen. Durch Patina und Erosion verloren die Bilder im Lauf der Zeit an Kontrast. Aus diesem Grund wurden viele Bilder in späterer Zeit umgearbeitet, aufgefrischt oder durch neue Bilder überlagert. Wir können uns nicht vorstellen, daß zu Beginn des Holozäns der gesamte Messak hellgelb bzw. bleich war. Dann müßten die Felsgravuren wirklich eingefärbt gewesen sein, was unwahrscheinlich, aber grundsätzlich nicht auszuschließen ist. Ebensowenig können wir uns vorstellen, daß die zahlreich vorhandenen Bauwerke, Tumuli, Stelen, Mauern, Hüttengrundrisse, aufgestellte Platten usw. mit blassen Steinen errichtet wurden, um sich vor 5.000 Jahren an den freiliegenden Flächen dunkel zu verfärben, im Erdreich dagegen hell zu bleiben. Dies paßt schlecht in das heutige Bild. Es gibt auch verschüttete Steine, die rundherum dunkel sind. Sie kamen offensichtlich mit voller Patina in den Boden und zwar zu einem Zeitpunkt, als wegen der nun herrschenden Trockenheit keinerlei klimabedingte, biologische Bodenaktivität mehr stattfand. Dies könnte für die letzten 3.000 Jahre zutreffen. Bisher hat sich anscheinend niemand damit befaßt, ob und wie Patina durch chemisch-biologische Reaktionen auch wieder verschwinden kann. Sicher wird sie durch die weiter unten beschriebene Erosion abgebaut. Wir haben nun eine dunkel gefärbte Silexklinge der biologischen Aktivität von frisch geschnittenem, kompostiertem Gartenrasen ausgesetzt und dabei festgestellt, daß die Farbe nach zwanzig Tagen weitgehend verschwunden war. Der PH-Wert betrug 5. Die Außentemperatur lag immer zwischen 20 und 28 Grad. Nach weiteren dreißig Tagen Lagerung bei Zimmertemperatur war die dunkle Farbe an den Rändern teilweise zurückgekehrt. Wurden Schwermetallionen aus dem Inneren nachgeliefert? Stimmt die oben beschriebene Theorie wirklich? Wir können solche Versuche unter natürlichen Bedingungen erst im nächsten Sommer wieder aufnehmen. Jedenfalls ist das Problem Patina für uns absolut nicht abgeschlossen.

Es ist somit nicht ausgeschlossen, daß der von Cremaschi erfaßte Zeitpunkt (5.000 Jahre vor heute) einer von jenen ist, an dem sich sowohl Patina bilden konnte, aber gleichzeitig eine vorhandene Patina durch biologische Aktivität (Fäulnisprozesse?) im wurzelreichen Erdreich wieder abgebaut werden konnte. Mit allem Vorbehalt wollen wir versuchen, einen solchen Vorgang an Sandsteinmustern zu reproduzieren und zu verifizieren. Wir werden auch labormäßig untersuchen, ob und bei welchem PH-Wert sich die Patina auflösen kann. Jedenfalls wären bei einer solch konträren Annahme viele Gegebenheiten am Ort viel leichter zu erklären.

Auf horizontalen oder schrägen Felsflächen, die den Niederschlägen stärker ausgesetzt sind, ist die Patina grundsätzlich dunkler. Silikatreicher, harter Untergrund verzögert die Patinabildung ganz wesentlich. Daher erscheinen offensichtlich alte Bilder auf harter, silikatreicher Unterlage unverhältnismäßig hell. Ebenso weisen neolithische Steinwerkzeuge (wegen der besseren Silexqualität) generell eine, im Verhältnis zu den Bildern hellere Patina auf. Unter trockenen Überhängen und in Höhlen hat sich keine nennenswerte Patina gebildet. Zur Beurteilung der Patina müssen all diese Begleitumstände berücksichtigt werden. Wir registrieren bei jedem Felsbild auch die Felsqualität der Unterlage und die Exposition der Bildfläche gegenüber den Witterungseinflüssen. Leider fehlt es für die Untersuchungen Cremaschis zur Zeit an Gesteinsproben von wirklich archaischen Bildern mit starker Erosion und schwarzer Patina (Abb. 61). Sie sind kaum zu beschaffen, ohne ein Bild nachhaltig zu beschädigen. Ein ebenso ungelöstes Problem ist die durchwegs starke Patina von stilistisch jüngeren Bildern, die auf den bereits erwähnten horizontalen, beregneten Flächen liegen. Die Studien sind in vollem Gange, und wir sehen in Mauro Cremaschi zur Zeit den einzig Berufenen, der diese Probleme weiter klären kann. Deshalb bringen wir die oben wiedergegebene Hypothese mit sehr viel Vorbehalt ins Spiel, auf keinen Fall um Cremaschi, unserem loyalsten Partner, zu widersprechen. Sie sollte mehr Ansporn sein auf allen Gebieten, auch auf chemischem und biologischem gemeinsam weiterzuforschen. Zusätzlich glauben wir, durch eine umfangreiche Statistik über den Zustand der Felsbilder einiges beitragen zu können.

Erosion: Als Erosion bezeichnen wir die witterungsbedingte Zersetzung der Felsoberfläche und mit ihr die der Felsbilder. Felsbilder können so stark erodiert sein, daß man sie kaum oder gar nicht mehr erkennt. Es gibt zwei Formen von Erosion. Die eine wird vom Wind verursacht, sie hinterläßt glattgeschliffene Flächen. An exponierten Stellen steht die Winderosion deutlich im Vordergrund - wie etwa bei den am Boden liegenden Steinwerkzeugen und Gravuren. Die zweite Form hängt mit anderen witterungsbedingten Vorgängen wie Regenfällen, täglichen oder jahreszeitlichen Temperaturunterschieden u.a.m. zusammen. Die ursprünglich glatt geschliffenen, scharfen Linien und Flächen der Gravuren werden im Laufe der Zeit rauh und stumpf. Sandkörner und Steinchen treten aus der Oberfläche hervor. An sedimentologischen Schichtgrenzen entstehen zentimetertiefe Verwitterungsfurchen (Abb. 61). Hier deutet alles auf einen Lösungsvorgang, auf eine Ausschwemmung kleiner und kleinster Partikel durch Wasser hin. Sie ist die Folge von feuchtem Klima. In den vergangenen drei Jahrtausenden der nun herrschenden Trockenheit hat keine Erosion mehr stattgefunden. Deshalb können wir, vom Felsbild her, die starke Erosion früher Bilder auch nicht der Trockenphase des 6ten Jahrtausends v. Chr. zuordnen, wie es Cremaschi vermutet. An senkrechten, windgeschützt liegenden Felsbildern kommt eindeutig diese zweite Form von Erosion zum Tragen. Auf derselben Wand können unmittelbar nebeneinander liegende Felsbilder ganz verschieden stark erodiert sein. Dies läßt keinen Zweifel daran, daß zwischen ihrem jeweiligen Entstehen große Zeiträume vergangen sind. Die Erosion scheint ein Vorgang zu sein, der im Laufe von Jahrtausenden stattgefunden hat, jedenfalls verläuft sie viel langsamer als die Patinabildung. Die besonders starke Erosion vieler, archaisch wirkender Felsgravuren von Bubali und anderem Großwild bestärkt unsere Meinung, daß diese Bilder sehr viel älter sind als die im allgemeinen gut erhaltenen Bilder aus der Rinderzeit. Wir nehmen an, daß sie bereits lange Zeit vor der Austrocknung des 6ten Jahrtausends v.Chr. entstanden sind. Nach Moris Meinung könnten sie in ein spätes Pleistozän zurückgehen, wofür es keinen Beweis, aber ebensowenig einen Gegenbeweis gibt (JÄKEL 1978).

Überlagerung liegt vor, wenn über ein durch Patinabildung und Erosion bereits weitgehend unkenntlich gewordenes Bild ein neues Bild anderen Inhaltes gelegt wurde (Abb. 58, 59, 85 und 178). Auch das bereits erwähnte Auffrischen von Bildern (Abb. 54) kann man als Überlagerung bezeichnen. Bilder, die durch Patinabildung bereits verblichen bzw. unkenntlich geworden waren, wurden durch Picken der Linien wieder sichtbar gemacht. Ebenso stellt die spätere Umarbeitung eines Bildes eine Überlagerung dar (Abb. 60 und 62).

Stil: Die Felsgravuren des Messak sind alles andere als homogen, man kann viele verschiedene, zeitlich offensichtlich aufeinanderfolgende Stilrichtungen unterscheiden, aber es ist unklar was man überhaupt unter dem Begriff Stil zu verstehen hat. Niemand hat sich bisher ernstlich an eine solche Definition herangewagt. Ein Stil setzt sich sowohl aus ästhetischen wie technischen Komponenten zusammen. Es ist offen, wem wir jeweils einen bestimmten Stil zuordnen können: Waren es einströmende Völker, oder waren es seßhafte Bevölkerungsgruppen, deren künstlerische Ausdrucksart sich gewandelt hat? Wie viele Menschen innerhalb einer Gruppen waren überhaupt befähigt oder berechtigt, solch wertvolle Kunstwerke in einer derartigen Vielzahl zu schaffen? Welche Rolle spielten Künstler und

Künstlerschulen? Sowohl an den Wildtier- wie an den Haustierbildern kann man ganz eindeutig erkennen, daß sich die Stilwandlung über Jahrtausende hinzieht.

Austrocknung während des 6. Jahrtausends v.Chr.: Patina, Erosion, Überlagerung und Stil sind die wichtigsten Kriterien für die grobe zeitliche Einordnung von Gravuren. Dabei kommt der allgemein angenommenen Austrocknung des 6. Jahrtausends v.Chr. besondere Bedeutung zu. Inzwischen ist diese Austrocknung von Cremaschi auch für den Messak bewiesen worden (CREMASCHI 1994), allerdings war sie wahrscheinlich weniger intensiv als bisher angenommen wurde. In der Felskunst taucht zweimal Trockenfauna - besonders Oryx - in verschiedenem Stil auf, was auf eine gewisse Unterbrechung hindeutet. Andererseits ist es durchaus denkbar, daß in den Gebirgen eine beschränkte Anzahl von Menschen und Tieren überdauert hat. Die oben beschriebene starke Erosion und die totale Patina der frühesten Felsgravuren deuten auf eine Entstehung in der langen holozäne Feuchtphase zwischen 10.000 und 6.000 v.Chr. hin.

Methodik der relativen Chronologie: Ein Bild, das bereits starke Erosion, also Abtragung erlitten hat und zusätzlich von schwarzer Patina überzogen ist, muß verhältnismäßig alt sein. Der Bubalusfelsen von Wadi In Elobu (Abb. 60) ist ein klassisches Beispiel für die relative Chronologie. (LUTZ 1995b) Er erlaubt eine Bewertung von Patina und Erosion in Verbindung mit Überarbeitung, Überlagerung und Stilwandlung. Die mittlere Partie dieses stilistisch sehr frühen Bildes wurde in einer späteren Phase der Felskunst abgeschliffen und im jungen Jägerstil neu gestaltet. Auf dem Makrophoto des Auges (Abb. 61) erkennt man, wie stark die Erosion der Originalfassung ist. Zuerst fand die Erosion statt und auf dem bereits stark abgetragenen Felsen erfolgte eine neuerliche Patinabildung. Der folgende Ausschnitt der Schnauze (Abb. 62) zeigt die überarbeitete Fläche. Hier ist die Erosion wesentlich geringer und die Patina etwas heller. Es gibt kaum Zweifel daran, daß die letzte Patinabildung im Neolithikum stattgefunden hat (CREMASCHI 1992b). Diese jüngere Bildfläche weist die Veränderungen auf, die die Felsbilder in den letzten 6.000 bis 7.000 Jahren, das heißt seit der neolithischen Feuchtphase, erlitten haben. Es ist der Erhaltungszustand, den der Großteil der frühen Rinderbilder aufweist. Der Vergleich der zwei Felsflächen spricht für sich - ein sehr langer Zeitraum trennt die beiden Arbeitsgänge. Die zahlreichen Wildtierbilder, die solche Erosions- und Patinaunterschiede aufweisen, müssen tatsächlich bereits in der ersten holozänen Feuchtphase 10.000 bis 6.000 v.Chr. entstanden sein. Nebenbei sei nochmals erwähnt, daß es zahlreiche (!) Wildtierbilder gibt, die in einem noch wesentlich schlechteren Zustand sind. Dies auf Felsflächen auf denen sich bestens erhaltene, stark patinierte Bilder neolithischen Inhaltes befinden (u.a. Rinder).

Forschungsziel: Wir sind noch viele Jahre damit beschäftigt, die vielen Tausend von uns aufgenommenen Felsbilder mit all den dazugehörigen Daten in eine Datenbank einzugeben. Die Auswertung wird eine Vielzahl von Informationen geben. Zusammensetzung der Fauna, Stilwandlung, geographische Lage u.a.m., dies immer in Verbindung mit Patina, Erosion und Überlagerung. Vielleicht kommt man auch dem Kernproblem näher: Der Definition, was man unter Stil und Epoche versteht. Erst eine umfangreiche Statistik wird man als Beweisführung für die relative Chronologie anerkennen. Dazu besteht die berechtigte Hoffnung, daß unter der Leitung von Mori und seinem Team die Grabungen zügig vorankommen.

Zur Zeit ergibt sich aus all dem Genannten eine relative Chronologie, die der „althergebrachten" von Lhote und Mori sehr nahekommt, aber wesentlich flexibler ist. Wir erkennen kein abruptes Abreißen der einzelnen Phasen von verschiedenartigen Tierbildern, sondern ein allmähliches Ineinanderübergehen, kein Hintereinander von Großfauna und Rindern, sondern ein weitgehendes Nebeneinander. Der Beginn der frühesten Felskunst müßte deutlich vor Muzzolinis 4.000 v.Chr. liegen, aber vielleicht nicht so früh, wie man vordem angenommen hat. Wann wirklich, muß zur Zeit völlig offen bleiben. Die zeitlichen Zuweisungen (z.B. früh, spät, sehr spät usw.) in diesem Bildband führen wir mit viel Vorbehalt an. Sie beruhen ausschließlich auf den oben genannten Kriterien.

Frühester Ausdruck der Felskunst im Messak (vor 6.000 v.Chr.) ist eine **archaische Phase**. Es handelt sich um spärliche Bilder von Großtieren, besonders von Bubali, Elefanten und Giraffen, die großformatig (Abb. 63), primitiv und steif sind. Die Beine enden oft in zwei offenen Strichen. Auch zahlreiche, große, gepickte Ovoide und „Sonnenräder" mit sehr starker Erosion und sehr dunkler Patina gehören zum frühesten Inventar der Felskunst. Schließlich

Vorgeschlagene **relative Chronologie** für die Felsbilder im Messak Sattafet und Messak Mellet.

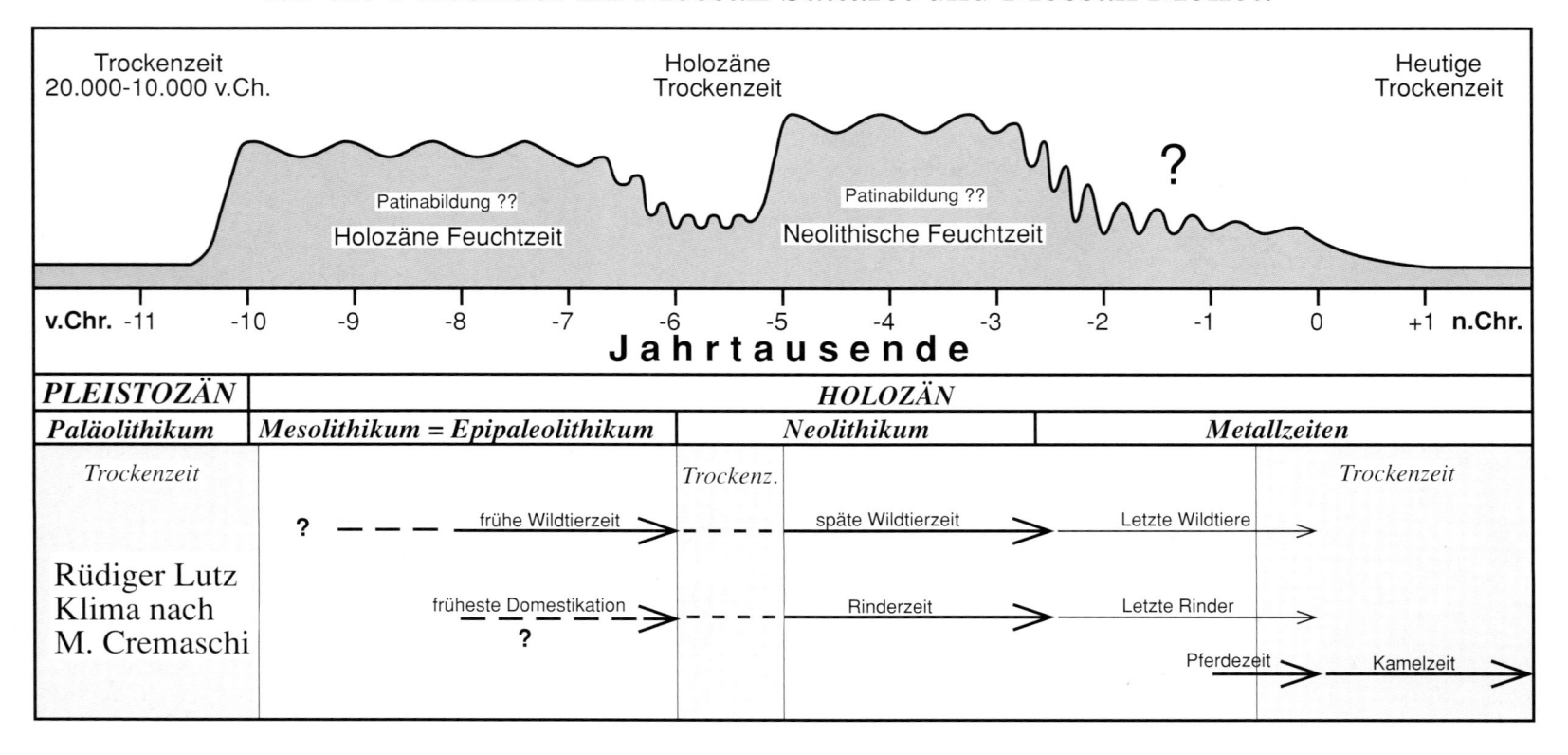

Trockenzeit 20.000-10.000 v.Ch.					Holozäne Trockenzeit							Heutige Trockenzeit	
		Patinabildung ?? Holozäne Feuchtzeit				Patinabildung ?? Neolithische Feuchtzeit				?			
v.Chr. -11	-10	-9	-8	-7	-6	-5	-4	-3	-2	-1	0	+1	n.Chr.
					Jahrtausende								
PLEISTOZÄN	HOLOZÄN												
Paläolithikum	Mesolithikum = Epipaleolithikum			Neolithikum				Metallzeiten					
Trockenzeit				Trockenz.						Trockenzeit			
Rüdiger Lutz Klima nach M. Cremaschi	? ---- frühe Wildtierzeit →			----	späte Wildtierzeit →				Letzte Wildtiere →				
	früheste Domestikation → ?			----	Rinderzeit →				Letzte Rinder →				
									Pferdezeit →		Kamelzeit →		

gibt es viele, teilweise überlagerte Gravuren, deren Inhalt wir wegen der starken Abnützung gar nicht mehr erkennen können.

Ihnen folgen die mit der Bubalusperiode (vor 6.000 v.Chr.) korrespondierenden Wildtierbilder in dem von uns benannten „**Frühen Jäger- oder Wildtierstil**" (LUTZ 1993). Sie tragen meist eine sehr dunkle Patina und mehr oder weniger starke Erosion. Sie sind großformatig, statisch und von peinlicher Naturtreue. Sinnesorgane, Fellscheckung, Mähnen usw. sind sorgfältig dargestellt (Abb. 64, 65, 66 und 68). Die Linien sind tief geschliffen, der Untergrund und die Bildfläche selbst sind unbearbeitet (roh). Die Tiere haben meist vier Beine in bester Perspektive. Von hervorragender Bedeutung sind die Bubalusbilder (Abb. 41, 138 und 141), die eine ganz besonders ausgeprägte und typische, statische Beinperspektive aufweisen (siehe Kapitel 12 „Bubalus"). Dargestellt wird die gesamte afrikanische Großfauna, nur selten und klein ihre Jäger. Bubalus antiquus, Elefant, Auerochse, Nashorn, Flußpferd, Krokodil, Giraffe, Wildesel, Strauß, Mähnenschaf, Löwe, vielerlei Gazellen und Antilopen u.a.m. Einmalig für die gesamte Sahara sind die Darstellungen des Auerochsen oder Urs (*Bos primigenius*) im Messak Sattafet, dem Wildvorfahren unserer heutigen Hausrinder (siehe Kapitel 13 „Der Auerochs"). In einer ähnlich frühen Phase kommen jedoch vereinzelt bereits auch domestizierte Rinder vor (Abb. 69). Das heißt, daß eine früheste autochthone Domestikation vielleicht bereits vor dem eigentlichen Neolithikum (5.000 v.Chr.) stattgefunden hat, dessen Beginn seiner Definition entsprechend dann früher angenommen werden müßte.

Inbegriffen in diesen „frühen Jägerstil" ist ein sogenannter „**Dekorativer Stil**", der die abgebildeten Tiere mit zusätzlichen unrealistischen, dekorativen Elementen, „Girlanden", besonders in der Kopfpartie - Maul und Augen - ausstattet (Abb. 70 und 106). Die Bilder dieser Art sind als Flachrelief ausgeführt, das heißt, ihre Umrisse treten aus der Felsoberfläche hervor. Der „Dekorative Stil" kommt nur bei Wildtierbildern, nicht bei Hausrindbildern vor.

Zeitlich nächstfolgende eindeutig abgrenzbare Phase (ab 5.000 v.Chr.) ist die „**Rinderzeit**". Sie entspricht einem Zeitablauf, in dem Hausrinder in verschiedensten Stilarten abgebildet werden. Zahlenmäßig übertreffen die Hausrindbilder die Wildtierbilder bei weitem. Viele sind von höchster Qualität und Naturtreue (Abb. 71, 72 und 73). Ihre Patina ist durchwegs heller (weniger Mangan) (CREMASCHI 1992b), der Erhaltungszustand ist besser (geringere Erosion). Mit Einsetzen des Neolithikums wird in der Kunst eindeutig ein neuer Höhepunkt erreicht (siehe Kapitel 14 „Die Haustiere"). Häufig werden nun der Untergrund und auch die Bildfläche geglättet. Auch in der Rinderzeit kommt die Relieftechnik vor. Die Rinderbilder erreichen nicht annähernd die Größenmaße der Wildtierbilder. In sehr vielen Fällen überlagern Rinderbilder die darunterliegenden älteren Wildtierbilder (Abb. 67), aber auch der gegenteilige Fall trifft durchaus zu (Abb. 71). Neben den Rindern werden auch viele andere Haustiere abgebildet, besonders Schafe, Ziegen und Hunde.

Es darf nicht unerwähnt bleiben, daß den frühen Bewohnern des Gebirges auch die Haltung von Wildtieren in Gefangenschaft bekannt war und für die Giraffe und den Strauß eindeutig bildlich belegt ist (Abb. 75 und 76). Es gibt Anzeichen, daß dies auch für andere Wildtiere wie Antilopen zutrifft (Lutz 1993).

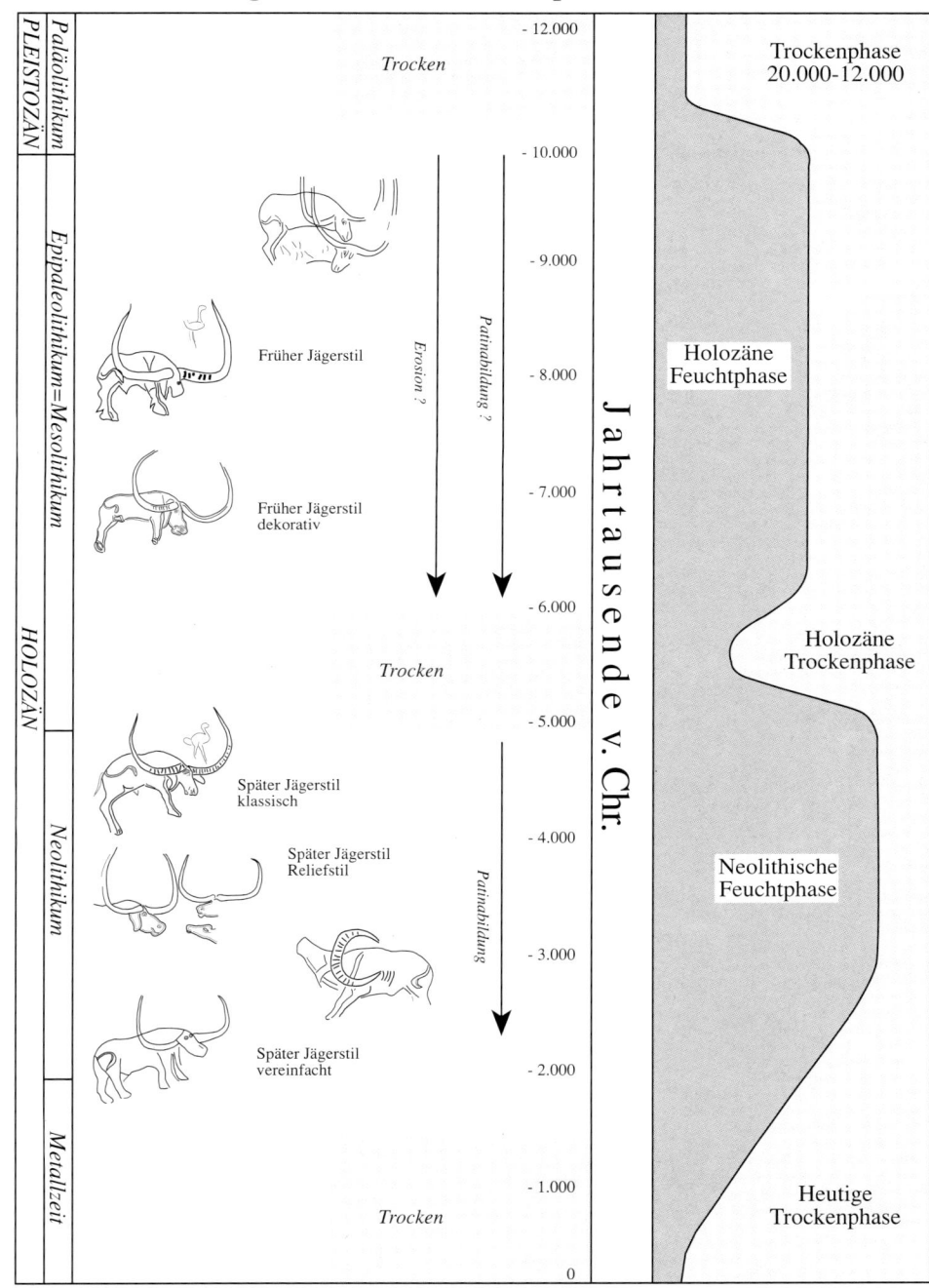

Neben den Hausrindern (ab 5.000 v.Chr.) werden weiterhin Wildtiere in großer Zahl abgebildet. Ganz offensichtlich waren auch sie im Zuge der Wiederbegrünung zurückgekehrt. Allerdings ändern sich der Stil, die Ausführung und die Technik der Darstellung. Für den Erhaltungszustand dieser Bilder trifft dasselbe wie für die Rinderbilder zu. Wir haben diese stilistische Epoche als „**Späten Jäger-** oder **Wildtierstil**" (LUTZ 1993) vom älteren der „Bubalusperiode" abgegrenzt (Abb. 74, 77 und 78). Er läuft zeitgleich mit der Rinderzeit ab, ist aber Ausdruck einer Jagdtätigkeit. Sicher lebten auch weiterhin reine Jäger -Sammler neben den Bauern und Hirten, dies insbesondere in den Gebirgen. Hierin liegt der wesentliche Unterschied zwischen unserer eigenen, nur leicht abgewandelten, aber wesentlich flexibleren Chronologie und der bisher geltenden. Wir können kein eindeutiges, zeitliches Hintereinander von Wildtieren und Rindern feststellen, sondern viel mehr ein Nebeneinander der beiden Tätigkeiten - Jagd und Haustierhaltung - im jeweils selben Stil. In dieser Phase werden die Abbildungen der Wildtiere kleiner, sie bekommen mehr Bewegung, es tritt Vereinfachung und Stilisierung ein. Häufig werden sowohl der Untergrund wie auch die Bildfläche geglättet. Umrißzeichnung tritt an die Stelle von Perspektive. Wenn vorhanden, ist die Perspektive keine statische, sondern eine bewegte. Die Sinnesorgane werden vernachlässigt. Oft tragen die Tiere spitze Beine, Dreieckbeine (Abb. 55, 74, 94 und 95) oder nur einfach ausgeführte Strichbeine. Alle Merkmale des späten Jägerstils sind auch bei Rinderdarstellungen durchaus gebräuchlich. Ein im Sahara-Atlas beschriebener, sehr vereinfachter Stil, der Stil von Tazina, erscheint an einzelnen Stellen auch im Messak Sattafet (Abb. 79). Vielleicht ein Beweis mehr für die Mobilität des frühen Menschen. Dieses Nebeneinander von Wild- und Haustieren mit denselben Stilwandlungen dauert über einen sehr langen Zeitraum an. Erst der Messak hat diese Erkenntnis zum Vorschein gebracht.

Die meist gepickten Bilder der **„Pferdezeit"** (ab 1.000 v.Chr.) werden weitgehend vom Motiv her bestimmt, daher kann man nicht mehr von einem Stil sprechen (Abb. 44 und 80). Sie sind einförmig im Inhalt und in der Ausführung. Pferd und Wagen (Abb. 81), Waffen aus Metall begleiten diese kriegerischen Menschen. Es werden Völker dargestellt. Der Mensch selbst ist meist als Doppeldreieck mit stäbchenförmigem Kopf ausgeführt (Abb. 56 und 192). Als Wildtiere oder Wildfänge (?) werden fast nur mehr Giraffen und Strauße abgebildet. Die Patina ist sehr hell und die Bilder weisen praktisch keine Erosion auf. Bilder von Pferden und Wagen sind im Messak sehr selten. Es handelt sich offenbar um eine relativ kurze Zeitspanne, in der sie auftauchen. Spielten vielleicht die Garamanten eine Rolle?

Pferdezeit und **„Kamelzeit"** (ab Zeitenwende) gehen ineinander über (Abb. 45 und 82). Sie unterscheiden sich weder im Stil noch in der Ausführung. Die Patina ist besonders hell, die Bilder wirken völlig frisch. Als Motiv kommen nun fast nur mehr Kamele, Menschen, Giraffen, Strauße und Haustiere vor. Die gepickten Bilder sind einfacher und zum Teil primitiv. Als Träger der Kamelzeit werden Berber- und Tuaregvölker angesehen. Sie gelten u.a. als die Nachfolger der Garamanten. Das Tifinagh - die Schrift der Tuareg - ist im Felsbild weit verbreitet. Es muß betont werden, daß in dieser Zeit auch das Hausrind weiterhin dargestellt wird.

Der im Oberlauf von Wadi In Hagalas abgebildete Davidstern und das Boot (eines Mekkapilgers ?) deuten auf bereits geschichtliche Ereignisse hin (Abb. 83 und 84).

Fundstellen: Die tiefen Täler und Flußläufe des Messak Sattafet und Messak Mellet spielten in urgeschichtlicher Zeit eine wichtige Rolle als Verbindung zwischen der Hochebene und den fruchtbaren Hügeln der Vorlande. Heute sind diese Hügel von hohen Dünen bedeckt. Überall an ihren Hängen läßt sich anhand von Steinwerkzeugen und von Keramik die Anwesenheit des vorgeschichtlichen Menschen erkennen. In den Tälern und Schluchten des Gebirges dagegen liegen die von Frobenius benannten **Felsbildgalerien**. Es sind die Orte, wahrscheinlich Kultstellen, an denen sich Felsbilder in großer Zahl konzentrieren. Voraussetzung für das Entstehen einer solchen Bildstelle war eine Biegung im Flußbett mit hoher Prallwand und tiefer Auskolchung, die man heute noch erkennen kann. Dem entsprach ein hoher und gleichmäßiger Wasserstand. Oft kann man Wege mit breiten Stufen erkennen, die von den auf der Hochebene gelegenen Siedlungen zu den Fundstellen ins Tal führten. Fast immer finden sich Grablegungen (Tumuli) in der Nähe dieser Kultstellen. Die Fundplätze selbst liegen oft viele Kilometer voneinander entfernt. Man darf annehmen, daß die einzelnen Bevölkerungsverbände, seien es Jäger oder Hirten gewesen, in jeder Zeit einen entsprechenden Freiraum für sich in Anspruch genommen haben. Überraschend ist, daß in allen zeitlichen Phasen immer wieder dieselben Plätze aufgesucht worden sind. Erst die Rinderhirten verbreiteten sich weitläufiger über die Landschaft.

*Abb. 47. Zwei Elefanten mit Jägern und Nashorn (B 420 H 153), Wadi Tilizaghen. 9R28
Dies ist eines der größten Bilder im Messak Sattafet. Die genauen Maße sind nicht zu ermitteln, da ein großer Teil des Bildes zugeschüttet ist. Die Größe ergibt sich aus dem Verhältnis zur Person.*

*Abb. 48. Großer Elefant (B 372 H 190), Wadi Imrawen. 4RV15
Auch dieser Elefant in dekorativem Stil gehört zu den frühen naturalistischen Bildern besonderer Göße.*

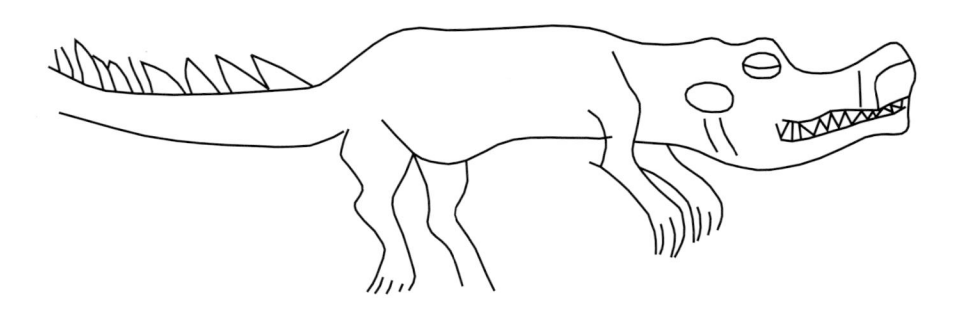

47

48

Abb. 49. Tief geschliffenes Rind (B 83 H 50), Wadi Mathenduch. 26R33
Hier handelt es sich um ein domestiziertes Rind mit Fellscheckung. Wir haben diese Art der Darstellung „monumentale Rinder" genannt und weisen sie in eine ganz frühe Zeit, vielleicht noch vor der holozänen Austrocknung. Die exakt geschliffenen Linien können bis zu 7cm tief sein. Zwei originale seitliche Muldenaugen.

Abb. 50. Steinchen innerhalb der geschliffenen Linie, Wadi Isser. 24RV34A
Man kann gut erkennen, wie weich Hindernisse überschliffen wurden.

*Abb. 51. Gepicktes Rind (B 170 H 142), Wadi In Hagalas. 28RIII25
Dieses Rind aus einer späten Phase der Felskunst zeigt anschaulich die Technik des „Pickens". Sie diente zur Ausführung von Linien, zum Füllen von Bildflächen, als Vorarbeit zum Schleifen von Linien und Flächen u.a.m. Sie war eine Universaltechnik, die zumeist nicht mehr erkennbar ist, aber bei der Herstellung von Felsbildern unentbehrlich war.*

*Abb. 52. Rind in Relieftechnik (B 75 H 70), Wadi Alamasse. 22RIV4
Bei der Relieftechnik wurden die Linien doppelt geführt. Der Zwischenraum tritt als Flachrelief aus der Felsoberfläche hervor.*

Abb. 53. Giraffen in Relieftechnik (B 83 H 40), Wadi Takabar. 31RIV16
Auf diesem nicht fertiggestellten Bild kann man die Entstehungsphasen eines Reliefbildes gut erkennen. Das Picken war der wichtigste Arbeitsschritt bei der gesamten Ausführung.

*Abb. 54. Aufgefrischter Bubalus (B 60 H 63), Wadi Tilizaghen. 9RII31
Das ursprüngliche Bubalusbild im frühen Jägerstil wurde in späterer Zeit durch Picken seiner Flächen wieder aufgefrischt, das heißt, neuerlich sichtbar gemacht.*

*Abb. 55. Rind auf Silexunterlage geritzt (B 38 H 20), Wadi Tin Iblal. 17RIII14
Das Rind mit den spitzen Beinen des späten Jägerstils ist mit einem unbekannten, harten Instrument tief in die Silexunterlage eingeschnitten - nicht geschliffen!*

Abb. 56. Rot gemaltes Paar (B 38 H 20), Wadi Aramas. 22R11
Das Paar im Stil der Pferdezeit zählt zu den wenigen Malereien, die bisher im Messak angetroffen worden sind. Das Bild liegt unter einem trockenen Felsüberhang.

Abb. 57. Rot gefärbte Gravur (B 45 H 35), Wadi Gedid. 14RII19
Am Bild gut erkennbar waren die geschliffenen Linien dieses Bildes mit roter Farbe nachgezogen. Dies ist bisher das einzige Bild, an dem eine Farbgebung erhalten geblieben ist. Das Bild liegt geschützt unter einem trockenen Felsüberhang.

Abb. 58. Überlagerung von Bildern (B 66 H 50), Wadi Tilizaghen. 15RIII1
Ein Widder und ein Ovoid wurden im frühen Jägerstil abgebildet. In späterer Zeit wurde das Bild teilweise abgetragen, um für drei Oryx-Antilopen mit spitzen Beinen im späten Jägerstil Platz zu schaffen.

*Abb. 59. Felsbildkalender, zahlreiche Überlagerungen (B 210 H 180), Wadi In Elobu. 2R2
Früheste Bilder sind die große archaische Giraffe und der kaum mehr erkennbare Bubalus in der Bildmitte. Darüber liegt der kleinformatige Elefant im jungen Jägerstil. Er wird vom untenstehenden Bubalus überlagert. Dieser Bubalus hat Pfoten; er stammt aus einer Zeit, in der dieses Tier wahrscheinlich nur mehr in der Erinnerung existierte.*

Abb. 60. Bubalusherde (B 270 H 180), Wadi In Elobu. 8RII21
Etwa fünfzehn Bubali mit einem Jungtier und zwei Jägern sind erkennbar. Diese große Bildkomposition ist der Beweis schlechthin für das zeitliche Aufeinanderfolge von frühem und spätem Jägerstil (Lutz 1993 und 1995b). Die äußeren Partien sind in der frühen Originalfassung, dem frühen Jägerstil, erhalten: Naturtreue, Perspektive an den Beinen, rohe Bild- und Grundfläche. Das Mittelfeld wurde in späterer Zeit abgeschliffen und im späten Jägerstil umgearbeitet: Fehlende Sinnesorgane, geschliffene Bildfläche, Umrißzeichnung, Frontansicht. Am Bubalus rechts oben kann man die zwei verschiedenen Stilelemente deutlich unterscheiden. Hinterteil: Früher Jägerstil, Vorderteil: Später Jägerstil. Der Jäger links unten ist im alten, der Jäger in der Mitte oben ist im jungen Stil gearbeitet. Die alte Fassung trägt sehr starke Erosion und sehr dunkle Patina. Die jüngere Fassung zeigt deutlich geringere Erosion und auch eine weniger intensive Patina (siehe Abb. 61 und 62).

*Abb. 61. Erosion,
Wadi In Elobu. 3R13*
Am Makrophoto ist die natürliche Abtragung der Felsoberfläche gut sichtbar, die überwiegend auf Wassereinwirkung zurückgehen dürfte. Man erkennt, wie besonders an den weicheren Schichtlinien das feine Material herausgelöst wird. Grobe Sandkörner und kleine Steinchen treten aus der Oberfläche hervor. Im vorliegenden Bild sieht man das Auge des links unten liegenden Bubalus aus Abb. 60. Er gehört zur frühen Fassung des Bildes. Die sehr stark erodierte Fläche ist zusätzlich von dunkler Patina überzogen.

*Abb. 62. Patina,
Wadi In Elobu. 8RII22*
Am Makrophoto ist die Schnauze des in der Mitte von Bild 60 stehenden Bubalus zu sehen. Diese zentrale Bildpartie wurde in späterer Zeit abgeschliffen und umgearbeitet. Sie gehört also zur jüngeren Fassung der Gesamtkomposition. Die Erosion ist wesentlich geringer als die auf Bild 61. Sehr wohl ist aber auch diese Fläche von einer dunklen, doch weniger intensiven Patina überzogen. Offenbar trennt eine lange Feuchtphase die beiden Bildflächen von Abb. 61 und 62.

*Abb. 63. Archaischer Bubalus
(B 100 H 80),
Wadi Mathenduch. 27R5*
Dieses Bild liegt, schwer zugänglich, hoch in der Wand. Es ist wenig kunstvoll gefertigt, stark erodiert, und die Patina ist sehr dunkel. In seiner Art müßte es zu den frühesten Felsbildern zählen.

Abb. 64. Giraffe und Sonnenrad (B 130 H 170), Wadi Mathenduch. 3RII23
Die Giraffe ist großformatig, statisch und mit allen anatomischen Details ausgeführt. Sie trägt einen markant vom Körper abgesetzten Hals, wie er bei den frühen Giraffenabbildungen üblich ist. Früher Jägerstil.

Abb. 65. Elefant und Auerochs (B 262 H 124), Wadi Tilizaghen. 15RIII8
Elefant und Auerochs entsprechen dem großformatigen frühen Jägerstil. Ein offensichtlich später hinzugefügtes, schlecht sichtbares Männchen treibt Sodomie mit dem Elefanten.

Abb. 66. Elefant mit Jägern (B 215 H 153), Wadi Mathenduch. 3RII9
An dem großformatigen, naturgetreuen Elefanten wurde später ein zusätzliches Muldenauge angebracht. Auch die beiden kleinen Jäger scheinen nachträglich hinzugefügt worden zu sein. Früher Jägerstil.

65

66

Abb. 67. Bubalus und Rind (B 57 H 120), Wadi Alamasse. 10RIV 32
Ein nicht allzu früher, ausnehmend kleiner Bubalus und ein Ovoid werden von einem Rind mit künstlich (?) deformierten Hörnern überlagert. Vom Stil her sind die Bilder aus derselben zeitlichen Epoche. Es ist belegt, daß der Bubalus in der neolithischen Rinderzeit noch heimisch war.

Abb. 68. Zwei archaische Giraffen (B 74 H 117), Wadi Tilizaghen A. 12RIII7
Zwei großformatige, naturgetreue Giraffen im frühen Jägerstil. Typisch ist die vom Rumpf stark abgesetzte Halspartie (siehe Abb. 64). Solche Giraffen werden häufig von anderen, jüngeren Bildern überlagert. Früher Jägerstil.

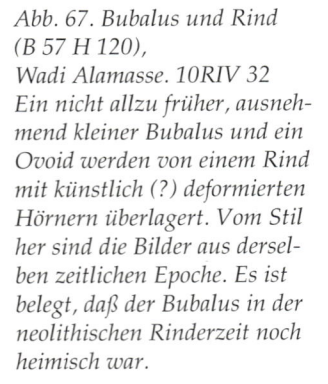

Abb. 69 „Monumentales Rind" mit eselköpfigem Treiber (B 113 H 53), Wadi Mathenduch. 7RIII24
Solche „monumentale Rinder" sind besonders tief geschliffen. Sie stellen eine sehr frühe Form domestizierter Rindern dar. Früher Jägerstil?

Abb. 70. Drei „dekorative" Nashörner (B 185), Wadi Tin Iblal. 10RII9
Die drei Nashörner gehören zu den schönsten Beispielen des dekorativen Stils. Sie tragen zusätzliche Ornamente, geschwungene Linien in der Kopfpartie. Von der Patina und der Erosion her ist das Bild sehr alt. Es wurde nachträglich durch Picken wieder aufgefrischt.

Abb. 71. Rinder und Wildtiere (B 550), Wadi Gamaut. 9G12
Die Rinderzeit bringt große Szenen mit vielen Individuen ins Spiel, obwohl die Einzeldarstellungen das Größenformat der frühen Wildtierbilder nicht erreichen. Hier stehen Wildtiere und Haustiere friedlich nebeneinander und übereinander. Ein Beweis für deren zeitliche Koexistenz, weitab von den früheren, strengen Begriffen eines zeitlichen Hintereinander von Bubaluszeit, Rinderzeit usw. Es gibt auf diesem Bild viele zeitliche Überlagerungen, die an anderer Stelle besprochen werden.

Abb. 72. Sechs „Prachtrinder" (B 40 H 85), Oberlauf von Wadi Aramas. 10G24
Die von uns „Prachtrinder" genannte Art von Rinderdarstellung kommt an mehreren Orten im Messak vor. Die Bilder gleichen sich unverkennbar. Meist wird nur der Vorderkörper der Tiere dargestellt. Es ist ein Stil innerhalb der Rinderperiode. Darstellungen dieser Art gehören in eine frühe Phase der Rinderzeit, sie haben meist eine Änderung am Auge erfahren (siehe Kapitel 7 „Das Auge"). Hier wurde ein zusätzliches, gepicktes Muldenauge angebracht.

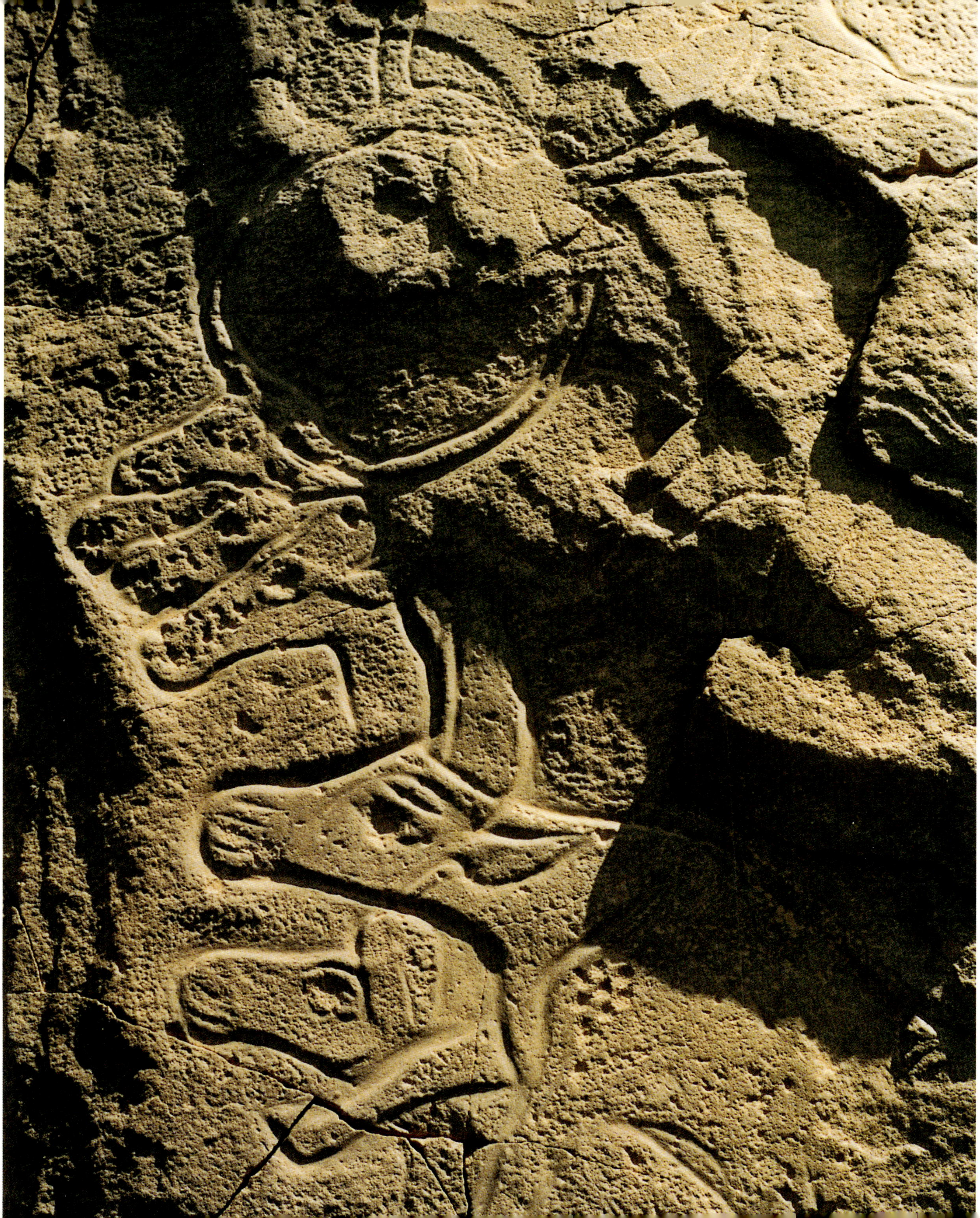

Abb. 73. Bilderwand (B 240 H 205), Wadi Tilizaghen A. 11RIII34
Diese Komposition weist eine lange Chronologie auf (LUTZ 1994a). Ältestes Bild ist die große, archaische Giraffe (ganz oben), die ursprünglich die ganze Wand besetzte, ihr folgten wahrscheinlich die Elefanten. Die Rinder, drei davon stehen links außerhalb des Bildes, überlagern die Elefanten. Bestechend ist das fürstliche Paar mit dem geschmückten Rind, das an anderer Stelle näher beschrieben wird (siehe Abb. 184). Bei genauer Beobachtung kann man noch viele andere Überlagerungen erkennen. Eine Chronologie, die über Jahrtausende geht.

Abb. 74. Stilisierte Giraffe (B 55 H 110), Wadi Mathenduch. 6GIV12
Diese ansprechende Giraffe weist alle Merkmale des späten Jägerstils auf. Verkleinerung, Bewegung, geschliffene Flächen, keine Sinnesorgane usw. An ihr kann man den Prozeß der Stilwandlung deutlich erkennen.

Abb. 75. Strauße in einem Kreis (B 106 H 100). Wadi Mathenduch. 6RIII19 Die Straußenherde steht in einem Kreis. Ein kleiner Mensch - rechts unten - hält diesen Kreis. Die Szene bedeutet für uns Fangen oder Gefangenhalten. Jedenfalls beherrscht der Mensch das Wildtier. Früher Jägerstil.

Abb. 76. Mensch und Giraffe (B 45 H 37), Wadi Alamasse. 19RIV10A Ein Mensch führt eine widerspenstige Giraffe am Zügel. Sicher wurde auch eine solche Tierhaltung mit wenig Erfolg versucht. Wegen der Härte des Gesteins (silikathaltig!) erscheint die Patina besonders hell.

Abb. 77. Gerenukherde, Giraffengazellen (B 335 H 160), Wadi In Elobu. 9RII5
Über zwanzig Gerenuk - Giraffengazellen - weisen alle Merkmale des späten Jägerstils auf. Es sind keine naturgetreuen Einzelheiten mehr nötig. Eine deutliche Stilwandlung in der frühen Felskunst.

Abb. 78. Zwei Gerenuk - Giraffengazellen (Detail) (B 51 H 44), Wadi In Elobu. 9RII6
Das Detailbild (von Abb. 77) veranschaulicht die Stilwandlung. Die tiefe Mulden drükken alles Wesentliche aus, um das Tier erkennbar zu machen.

Abb. 79. Giraffe im Stil von Tazina (B 70 H 50), Wadi Gedid. 15RII9
Der stark vereinfachte Stil von Tazina wurde im Sahara Atlas von Lhote beschrieben (LHOTE 1976). Identische Bilder finden sich an isolierten Fundstellen im Messak. Vielleicht ein Beweis für die Mobilität der vorgeschichtlichen Menschen.

Abb. 80. Pferdereiter (B 36 H 36), Wadi Alamasse. 2RIV 19
Die Pferdezeit ist in den Bildern des Messak nur spärlich vertreten. Hier steht ein Krieger mit dem typischen dreieckigen Oberkörper auf einem Pferd. Das Bild trägt helle Patina, es überlagert ein geschliffenes Wildtier.

Abb. 81. Zwei Wagen (B 75 H 42), Wadi Alamasse. 8RIV19
Der zweirädrige Wagen ist typisch für die Pferdezeit, die hauptsächlich in den Malereien des Tassili aufscheint. Im Messak sind die Bilder sehr selten. Sie kommen eher im östlichen Teil des Gebirges vor. Wegen des Patinavergleiches sind sie aber wichtige Bindeglieder für die relative Chronologie.

*Abb. 82. Kamelreiter
(B 34 H 37),
Wadi Alamasse. 22RIV34
Die Kamelzeit dauert bis heute
an. Dementsprechend hell ist
die Patina ihrer Bilder.*

*Abb. 83. Schiff (B 60 H 44),
Wadi In Hagalas. 20RIII27
Die Patina des Bildes ist hell.
Das große Schiff mit Anker
paßt nicht in den Messak. Es
könnte sich um die Erzählung
einer Pilgerfahrt nach Mekka
handeln.*

*Abb. 84. Drudenfuß, Dawid-
stern, Symbol (B 68 H 23),
Wadi In Hagals. 23RIII3
Der Dawidstern trägt eine
helle Patina, sie ist dunkler als
die des vorhergehenden Bildes
(Schiff). Das Bild sollte um die
Zeitenwende entstanden sein,
als Juden nach Nordafrika
flohen.*

7. DAS AUGE
Nachträgliche Veränderungen an Felsbildern

Die in allen Phasen der Felskunst gültige Abbildungsart von Tieren - Wildtieren sowie Haustieren - ist die Profilzeichnung mit einem einzigen Auge. Dieses kann in verschiedensten Formen ausgeführt sein. Das Bemühen zur Frontzeichnung zu gelangen, ist jedoch in jeder Zeit zu erkennen (Abb. 85). Es gelang nur in ganz seltenen Fällen (Abb. 86 und 109). Da zwei Frontaugen zu einem uns unbekannten Zeitpunkt offensichtlich für die Künstler wichtig waren, behalf man sich mit einer anderen Lösung. Man stattete das Profilbild mit zwei seitlich angebrachten Augen aus. Ebenso verfuhr man mit den Hörnern, sie wurden dem Profilbild in Frontansicht aufgesetzt (Abb. 87). Es gibt sehr viele derart „mißglückte" Bilder, und dies betrifft fast ausschließlich Rinder. Daß diese Eigenart zur originalen Ausführung gehört, erkennt man eindeutig an der gleichartigen technischen Ausführung sowie an Patina und Erosion. Dies wäre an und für sich eine Eigenart in der Felskunst wie so viele andere auch.

Ein Faktum jedoch rückt sie in den Vordergrund unserer Studien. Viele alte Wildtierbilder entsprachen zum selben (?) Zeitpunkt offensichtlich nicht mehr dem nun gültigen Kodex der Abbildung. Sie erfahren eine Änderung in diesem Sinn an den Augen, indem sie nachträglich mit einem oder auch mit zwei weiteren zusätzlichen schlecht passenden Augen ausgestattet werden. So kann ein Tier mit einem einzigen ursprünglichen Profilauge nun zwei oder auch drei Augen (verschiedener Art) tragen. Manchmal stehen solche Augen auch außerhalb der Bildfläche des Kopfes (Abb. 88). Diese zusätzlichen Augen sind meist groß und muldenförmig (Abb. 88, 89 und 105). Sie können aber auch ringförmig oder knopfartig, gepickt (Abb 72) oder geschliffen sein (Abb. 90 und 102). Das Originalauge kann erhalten oder abgeschliffen sein. Diese Veränderung am Auge betrifft nur Wildtierbilder und eine ganz bestimmte Frühform von Rinderbildern (Abb. 72, 91 und 151), eben die bereits erwähnten „Prachtrinder" (siehe Kapitel 14 „Die Haustiere") mit den kräftig nach vorne gebogenen Hörnern.

Diese markante Änderung hat mit der bereits beschriebenen Stilwandlung vom frühen- zum jüngeren Jägerstil zu tun (Abb. 92) (siehe Kapitel 6 „Das Bild"). In vielen Fällen wurden bei den bestehenden Wildtierbildern das vorhandene Profilauge und mit ihm auch andere Sinnesorgane wie z.B. das Maul und die Nüstern abgeschliffen und dann durch die zwei seitlichen Augen ersetzt (Abb. 102). Wie bereits beschrieben, wurden im „späteren Jägerstil" Sinnesorgane meist nicht mehr abgebildet. Für diese nachträgliche Umarbeitung bestehender Bilder gibt es eindeutige Beweise, indem sich in größeren Szenen einzelne Tiere dieser Korrektur entzogen haben, das heißt, daß sie im Originalzustand erhalten geblieben sind (Abb. 102, 103 und 178). Der Zeitpunkt, zu dem diese Umarbeitung stattgefunden hat, ist noch nicht eindeutig bewiesen. Alles deutet darauf hin, daß diese Schändung oder Ikonoklastie in eine Frühphase der neolithischen Rinderzeit auf die einwandernden Hirtenvölker zurückgeht.

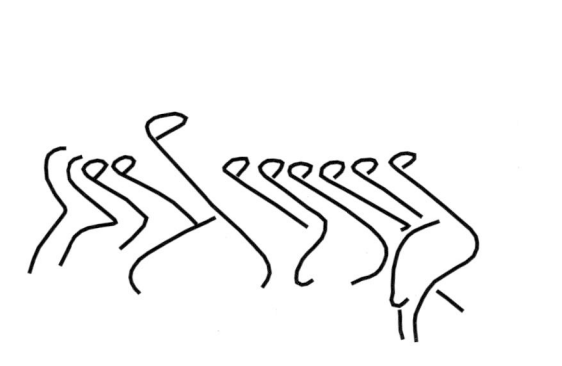

Abb. 85. Löwe mit zwei originalen Augen (B 94 H 75), Wadi In Hagalas. 34RIV23
Auf einer Felswand sind viele Löwen in verschiedenen Stilarten abgebildet. Hier ein Ausschnitt: Ein früher naturalistischer Löwe in Profilansicht wird von einem späteren überlagert. Bei letzterem ist der seitlich gezeichnete Kopf in Frontansicht gedreht, und die zwei Muldenaugen und die Nüstern sind original und passend angebracht. In einer Art Perspektive ist das vordere Auge größer abgebildet. Die Patina ist sehr hell, das Tier weitgehend stilisiert, ältere Ausführungen werden überlagert. Auch das kleine Männchen ist stark vereinfacht. Wir befinden uns in einer sehr späten Phase der Felskunst.

Abb. 86. Elefant mit zwei Frontaugen (B 120 H 130), Wadi Aramas. 14G13
Dieser Elefant ist eines der wenigen Beispiele, an denen die Darstellung einer Frontansicht wirklich gelungen ist (siehe Abb. 109). Trotzdem hatte der Künstler offenbar Schwierigkeiten bei der Ausführung der Rückenlinie. Vielleicht wurde das Bild umgezeichnet.

Abb. 87. Rind mit zwei originalen Augen (B 63 H 50), Wadi Alamasse. 23RIV11
An diesem Profilkörper wurden zwei Augen angebracht, um den Eindruck eines Frontbildes zu erwecken. Es ist eine etwas unglücklich wirkende Originalfassung. Auch die Hörner sind willkürlich in Frontansicht gedreht. Diese Art der Darstellung kommt nur bei Rinderbildern vor. Es handelt sich nicht um die nachträgliche Korrektur, wie sie bei Wildtierbildern vorkommt. Die spitzen Beine der begleitenden Tiere - Oryx und Gazelle - weisen in eine spätere Phase der Felskunst.

Abb. 88. Auerochs mit zwei Muldenaugen (ganzes Tier B 130 H 77), Wadi In Hagalas. 27RIII33
Dem frühen Bild des Auerochsen mit allen Merkmalen der frühen Jägerzeit, wurden nachträglich zwei schlecht passende Muldenaugen hinzugefügt. Eines davon, das rechte, steht außerhalb der Kopfpartie.

Abb. 89. Krokodil mit zwei zusätzlichen Muldenaugen (ganzes Tier B 220 H 90), Wadi Mathenduch. 28R5 Dem bekannten Krokodil von Wadi Mathenduch wurden zum originalen Profilauge nachträglich zwei schön geschliffene Muldenaugen hinzugefügt.

Abb. 90. Bubalus mit zwei Muldenaugen (B 130 H 102), Wadi Mathenduch. 26R12 Dieses sicher sehr frühe Bubalusbild wurde in späterer Zeit weitgehend umgearbeitet. Es bekam einen zusätzlichen Rinderschwanz und zwei schlecht passende Muldenaugen. Kopf und Körper erfuhren starke Abwandlung.

Abb. 91. Zwei Rinder mit Muldenaugen (B 40 H 20), Oberlauf von Wadi Aramas. 5RII4
Die beiden in Kopfpartie dargestellten Rinder gehören zum frühen Typ der „Prachtrinder". Sie tragen die Merkmale früher Felskunst. Dem oberen wurden nachträglich zwei gepickte Muldenaugen hinzugefügt. Ein sehr wichtiges Beispiel, das den Schluß nahelegt, daß die Korrektur am Auge in einer frühen Phase der Rinderzeit erfolgte.

Abb. 92. Löwe mit Muldenauge (B 192 H 80), Wadi In Hagalas. 35RIV21
Der Löwe im eckig abgesetzten Stil ist weitgehend vereinfacht. Er überdeckt eine ältere kleine Giraffe und wird selbst von einer gepickten Giraffe überlagert. Er gehört in eine späte Phase der Felskunst. Bei ihm scheinen die zwei Muldenaugen in verschiedenen Größen original zu sein (siehe Abb. 85). Sie entsprechen einer wahrscheinlich gewollten Perspektive im Kopfbereich. Ganz allgemein gehören die meisten Löwenbilder in eine späte Phase der Felskunst.

8. DIE KLEINKUNST
Miniaturen auf Silexunterlage

Nach allgemeiner Ansicht sind die gravierten Felsbilder in der gesamten Sahara großformatiger im Verhältnis zu den Malereien. Im Laufe der systematischen Aufnahme kommen aber immer mehr ausgesprochen kleine, geschliffene Bilder in der Größe zwischen 15 und 30 cm zum Vorschein, so daß man diese Verallgemeinerung fallen lassen muß. Gleichzeitig mehren sich aber auch die Orte, an denen eine ausgesprochene Kleinkunst in wenigen Exemplaren auf beschränktem Areal vorkommt. Diese Bilder unterscheiden sich nicht nur im Format, sondern auch in der Art der Ausführung, meist sind sie mit scharfer Spitze in den Untergrund geritzt. Sie liegen ausschließlich auf waagrecht liegenden Flächen und sind von bestechender Qualität (LUTZ 1995a). In den meisten Fällen sind sie direkt in die anstehende, besonders harte, horizontale Silexschicht (Feuerstein, Flint) geschnitten (Abb. 55, 94 und 95). Andere Bilder liegen auf weicheren Sandsteinschichten (Abb. 96 und 97). Hierher gehört auch eine Handspitze, auf deren ventraler Fläche ein Jäger mit Gazelle eingeritzt ist (Abb. 93) (Abb. XXII). Dekorierte kleinformatige Gebrauchsgegenstände kommen in diesem Raum nur sehr selten vor.

Es ist nicht bekannt, aus welchem Material die Werkzeuge bestanden, mit denen man diese Bilder anfertigte. Sicher kann man Silex mit der Kante von härterem Silex oberflächlich ritzen, aber dies erklärt nicht die Tiefe und die Eleganz der vorliegenden Linienführung.

Vom Motiv und vom Stil her fallen diese Bilder eindeutig in die Rinderzeit. Sie unterstreichen einmal mehr, daß in dieser Epoche ein hoher kultureller Schub in der Entwicklung des Menschen erfolgte. Da Miniaturen mit wenigen Ausnahmen auf waagrechten, exponierten Flächen liegen, weisen sie meist eine sehr dunkle Patina auf, die ein höheres Alter vortäuscht (siehe Kapitel 6 „Das Bild").

Abb. 93. Handspitze (B 6 H 9), Wadi In Hagalas. Auf der ventralen Fläche dieser Handspitze sind ein Jäger und der Vorderkörper einer Gazelle mit feinsten Linien eingeritzt. Zeichnung: Christiane Ganner.

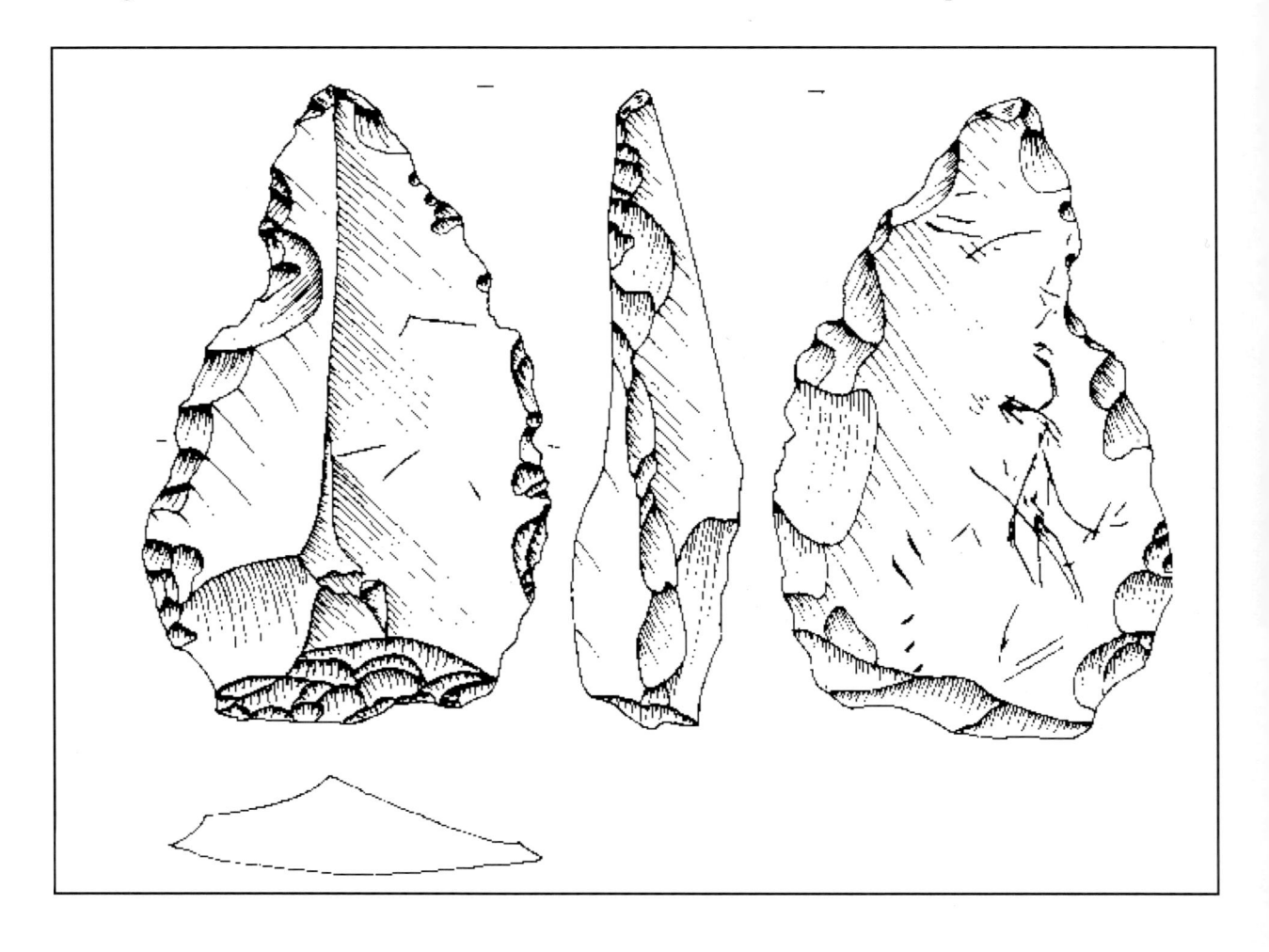

Abb. 94. Oryx-Antilope (B 22 H 25). Miniatur, Wadi Alamasse. 4GIV 32 Die Antilope gehört zu einer Komposition von drei Tieren. Sie ist als zartes Flachrelief direkt in die anstehende, waagrechte Silex- (Feuerstein-Flint-) Schicht eingearbeitet. Eine so feine Bearbeitung von Hartstein ist eine Besonderheit, die relativ wenigen Bildern vorbehalten bleibt. Die zwei Schnauzenpartien deuten offensichtlich die Bewegung des Kopfes an. Strichförmige Beine weisen in die späte Jägerzeit.

Abb. 95. Zwei Antilopen (B 22 H 20). Miniatur, Wadi Aramas. 28RIV6A
Zwei Antilopen (oder Rinder?), eine davon mit angedeutetem Reiter, sind tief in die harte Feuersteinfläche geschnitten. Spitze Beine sind typisch für den jungen Jägerstil. Es ist nicht bekannt, mit welchen harten Werkzeugen solche Bilder ausgeführt worden sind.

Abb. 96. Zwei Giraffenköpfe (B 24 H 17) auf Sandstein. Wadi Gedid. 20RIII36
In Ausnahmefällen sind Miniaturen auch in weicheres Gestein geschliffen worden wie hier die beiden Köpfe aus einer Komposition von 20 Tieren. Stilisierte Darstellung ohne Sinnesorgane. Junge Jägerzeit.

Abb. 97. Maskentänzer (B 10 H 19) auf Sandstein, Wadi Takabar. 30RIV21 Der kleinformatige Maskentänzer gehört zur Gruppe der theriomorphen Gestalten (Kapitel 16). Er ist Teil einer Komposition von zahllosen Miniaturen in verschiedensten Stilarten mit ebenso zahllosen Überlagerungen, die auf wenigen Quadratmetern waagrecht auf einem in das Wadi Takabar hineinragenden Sporn liegen. Die besonders exponierte Lage der Fundstelle und die auf engstem Raum angebrachten Bilder deuten auf eine Kultstelle von besonderer Bedeutung hin.

9. HÖHLEN UND ABRIS
Unterstände mit Felsbildern

Der gesamte Gebirgsstock des Messak Sattafet und Messak Mellet neigt grundsätzlich nicht zur Bildung von Höhlen und von Abris (höhlenartige Überhänge). Die steilen Wände der tief eingeschnittenen Wadis (Täler) weisen zwar an vielen Stellen und in jeder Höhe, Löcher und Spalten auf. Diese sind jedoch nur von ganz geringer Tiefe. Sie dienen bestenfalls als Unterschlupf für Tiere, meist Gazellen. Insgesamt haben wir bisher nur fünf mehr oder weniger kleine Höhlen gefunden, die Felsbilder enthalten und daher eindeutig von Menschen genützt wurden. Die größte von ihnen liegt im Unterlauf von Wadi Aramas, sie ist etwa 15 m tief und mit reichem Bildschmuck ausgestattet (Abb. 98). Die tiefe Ablagerung und der Bilderzyklus weisen auf eine lange Benützung hin. Die frühesten Bilder wurden von uns als rinderzeitlich eingestuft und bereits veröffentlicht (Abb. 99 und 101) (LUTZ 1992a). Eine in dieser Höhle von Cremaschi durchgeführte Probegrabung (Abb. 100) ergab durch C14-Bestimmung ein Alter von 6.825 +- 90 BP (= vor heute) unkalibriert für die unterste Schicht einer neolithischen Ablagerung. Dies ist ein erster Anhaltspunkt für das Alter rinderzeitlicher Felsgravuren im Messak Sattafet. Allerdings muß dieses Datum nicht unbedingt mit der Anfertigung der Bilder übereinstimmen.

Eine weitere Höhle wurde von Jelinek (JELINEK 1985 XXIII/3) veröffentlicht. Sie ist sehr schmal und klein, aber ihr Bildschmuck ist von beachtlicher Qualität. Das Bild eines Nashorns (Abb. 102) ist nachträglich am Auge umgearbeitet worden (siehe Kapitel 7 „Das Auge"), ein frühes Nashorn wird von einer „neolithischen Frau mit Kind" überlagert (Abb. 178). Beides deutet auf eine frühe Entstehung hin.

Gleiche Verhältnisse fanden wir in einer anderen Höhle im Wadi Tilizaghen, die einen Zyklus mit 15 Nashörnern enthält. Auch in diesem Falle ist es interessant, daß die Nashornbilder vom Stil her in eine sehr frühe naturalistische Periode gehören und in jüngerer Zeit umgearbeitet bzw. aufgefrischt wurden. An den ursprünglichen Profilbildern wurde das originale Auge abgeschliffen und durch zwei schlecht passende kleine Muldenaugen ersetzt (siehe Kapitel 7 „Das Auge"). Zwei im hintersten Winkel dieser Höhle gelegene, naturalistische Nashornbilder haben sich dieser nachträglichen Korrektur entzogen (Abb. 103). Sie waren zum fraglichen Zeitpunkt vermutlich unbequem erreichbar, da die Höhle teilweise schon zugeschüttet (eingestürzt) war.

Die vierte geschmückte Höhle ist ebenfalls klein und nieder. Die eingebrachte Ablagerung ist von geringer Tiefe. Der Bildschmuck gehört in eine späte Phase von Felskunst, auch Tifinagh-Inschriften sind enthalten. Alle diese genannten Höhlen bieten sich bei passender Gelegenheit zu einer archäologischen Ausgrabung an.

Ein weiteres, teilweise eingestürztes Abri wurde anläßlich der Italo-Lybischen Mission 1993/94 entdeckt. Es enthält Felsbilder und datierbare Kulturschichten, die sich miteinander in Verbindung bringen lassen. Frau Elena Garcea, die uns auf dieser Fahrt begleitete, hat die Kulturschicht ausgegraben. Die Aufarbeitung des archäologischen Befundes, der wir hier nicht vorgreifen wollen, müßte eine erste absolute Datierung eines gravierten Felsbildes im Messak Sattafet ermöglichen.

Etliche weitere Überhänge mit frühem Bildschmuck - z.B. *Bos primigenius* - sind teilweise eingestürzt. Aus der Patina der Bruchstellen kann man schließen, daß diese Einstürze in der letzten (neolithischen) Feuchtzeit, vor etwa 5.000 Jahren, erfolgten. Dies stimmt mit einem gleichen Befund von Prof. Cremaschi (CREMASCHI 1992a) für den Akakus überein. Diese Gegebenheiten werden wir in Zukunft sicher genauer untersuchen.

Abb. 98. Höhle mit Felsbildern im Wadi Aramas. 20R35
Diese Höhle im Wadi Aramas ist die größte, die bisher von uns aufgefunden wurde, sie ist etwa 15m tief. Ihr Bildschmuck zeigt, daß sie über lange Zeit, spätestens ab der beginnenden Rinderzeit, in Benützung war. Eine Probegrabung von Prof. Mauro Cremaschi erbrachte ein Alter von 6.825 +- 90 BP (unkalibriert) für die unterste stratigraphische Schicht. Es ist u.W. die einzige absolute Datierung, die bisher aus dem Messak Sattafet vorliegt.

Abb. 99. Rind in Höhle (B 64 H 36), Wadi Aramas. 21R5
Das Bild des Rindes gehört vom Stil, der Patina und der Erosion her sicher zum ältesten in dieser Höhle. Die Hörner sind nicht mehr erkennbar, aber es handelt sich sicher nicht um einen Auerochsen, sondern um ein domestiziertes Rind.

Abb. 100. Probegrabung in der Höhle mit Prof. Mauro Cremaschi, Wadi Aramas. 7RIII13

Abb. 101. Theriomorphes Wesen (B 68 H 32), Höhle Wadi Aramas. 21R14 Das Bild des Theriomorphen liegt auf einem abgestürzten Block in der Höhle, es gehört zu den ausgefallensten Abbildungen solcher Wesen. Am ehesten könnte man an einen Fisch oder an ein Reptil denken. Würde man diese Höhle zur Gänze freilegen, könnte man das Alter solcher Theriomorpher sicher besser eingrenzen. Zu beachten sind der Armreif und das Instrument in der Hand, sicher Insignien höheren Standes.

Abb. 102. Nashornhöhle (B 89 H 53) im Wadi Tin Iblal. 10RIII16 Die von Jan Jelinek beschriebene kleine Höhle von Tin Iblal ist größtenteils zugeschüttet. In Bodennähe und auch höher und außerhalb befinden sich viele Gravuren aus der frühen Jägerzeit. Ganz unten wird ein Nashorn in Originalfassung mit einem Profilauge von einer Frau mit Kind in der Art neolithischer Bilder überlagert (siehe Abb. 178). In der Mitte ein Nashorn, das umgearbeitet wurde und eine Korrektur am Auge erfahren hat (siehe Kapitel 7 „Das Auge"). Links oben ein stark erodierter Maskenträger.

Abb. 103. Nashornhöhle (B 74 H 30) im Wadi Tilizaghen. 10R5 Auch die Höhle im Wadi Tilizaghen ist weitgehend zugeschüttet. Sie enthält etwa fünfzehn Nashornbilder, die heute in Bodennähe liegen. Bis auf drei haben alle Nashörner eine Korrektur am Auge erfahren (siehe Kapitel 7 „Das Auge"). Eines der drei, das hinterste rechts oben, hat sich wegen seiner Unzugänglichkeit dieser Korrektur entzogen. Früher Jägerstil.

10. DIE TIERWELT IN DER GRAVUR
Die Wildtiere

Die Bilder des Messak zeigen zwei Gruppen von Tieren, nämlich Jagdwild und Haustiere. Zum Jagdwild gehörten Tiere, die damals in der freien Wildbahn vorkamen und von den Bewohnern des Gebirges gelegentlich bejagt und erlegt, zumindest aber in ihrer natürlichen Umgebung mehrmals beobachtet wurden. Die relative Chronologie der Felsbilder läßt auf Jagdtätigkeit der prä-neolithischen bzw. neolithischen Bewohner schließen. Zweifellos veranlaßte der Jagdzauber zum Abbilden der Tiere (FROBENIUS 1937), und er spielte eine gewichtige Rolle bei der Auswahl der Tiere, die in den Felsgravuren auftreten. Obwohl das Erlegen von Großwild wahrscheinlich ein durchaus selteneres Ereignis war, als es uns die Felsbilder vorspiegeln, weisen sehr viele Bilder darauf hin, daß gerade Großsäuger wie Nashorn und Elefant intensiv bejagt wurden. Trotzdem dürfte die Fleischbeschaffung vorwiegend durch Niederwild, z.B. Hasen oder kleinere Huftiere wie z.B. Gazellen und Antilopen, gedeckt worden sein, Tiere, die durchaus häufig vorkamen, aber (vielleicht ?) deshalb in geringerem Maße in der Felskunst auftraten. Tierknochenfunde aus zukünftigen Ausgrabungen im Messak Sattafet und Messak Mellet können dazu beitragen, diese Frage zu klären. Barich fand bei ihrer Grabung in Ti-n-Torha im Akakus 70% Knochenreste vom Mähnenschaf *(Ammotragus lervia)* (BARICH 1986).

Der Wildreichtum im Messak muß zeitweise groß gewesen sein, denn viele Großtiere der heutigen Sahel- und Savannenlandschaften Afrikas sind dargestellt. Mühelos erkennt man Tiere wie Elefant *(Loxodonta africana)* (Abb. 104 und 105), Breitmaulnashorn *(Ceratotherium simum)* (Abb. 106), Bubalus oder Urbüffel *(Syncerus antiquus)*, Büffel *(Syncerus caffer)* (Abb. 107), Auerochs *(Bos primigenius)*, Giraffe *(Giraffa camelopardalis)* (Abb. 108), Wildesel *(Equus africanus)* (Abb. 111), Kuhantilope *(Alcelaphus buselaphus)* und Giraffenantilope *(Litocranius walleri)*, sowie die Fleischfresser Löwe *(Panthera leo)* (Abb. 109), Hyäne *(Hyaena hyaena)*, Hyänenhund *(Lycaon pictus)*, Schakal *(Canis aureus)* oder Wildkatze *(Felis silvestris)*. Die (Grün-?) Meerkatze *(Cercopithecus aethiops?)*, Warzenschwein *(Phacochoerus aethiopicus)* (Abb. 112) und Wüstenspringmaus *(Jaculus jaculus)* (Abb. 113) ergänzen das Bild. Zu den dargestellten Vogelarten zählen u.a. Strauß *(Struthio camelus)* (Abb. 114), Storch und Trappe.

Nicht selten sind Tierarten abgebildet, die in der Sahara und ihren Gebirgsketten bis heute heimisch sind, z.B. der Hase *(Lepus capensis)* (Abb. 110), Dorcasgazelle *(Gazella dorcas)*, Mähnenschaf *(Ammotragus lervia)* (Abb. 115), nordafrikanische Oryx *(Oryx dammah)* (Abb. 116) und Mendesantilope *(Addax nasomaculatus)*, sogar der Wüstenfuchs oder Fennek *(Fennecus zerda)* (Abb. 117) tritt auf. Sie bezeugen, daß das Klima abschnittsweise sehr trocken gewesen sein muß.

Auf größere Wasserflächen bzw. Seen deuten die Darstellungen von Nilpferd *(Hippopotamus amphibius)* (Abb. 118), Krokodil *(Crocodylus niloticus)* (Abb. 119) und Pelikan *(Pelecanus sp.)* (Abb. 120) hin. Interessanterweise treten sie eher im Oberlauf als in den Mündungsgebieten der großen Wadis auf.

Vereinzelt sind auch Tiere, besonders *ziegenartige*, abgebildet (Abb. 121), die man nicht eindeutig bestimmen kann. Vielleicht handelt es sich um ausgestorbene Arten.

Wie in den Kapiteln 5 „Die Felskunst" und 6 „Das Bild" angeführt, zieht sich die Darstellung der Wildtiere über einen chronologisch sehr langen Zeitraum hin. Sie beginnt sehr früh, und sie setzt sich, obwohl die Jäger nach und nach von den Hirten verdrängt wurden, bis in die jüngste Phase der Felskunst fort. Dies trifft besonders für Elefanten, Giraffen und Strauße zu, denen offensichtlich das besondere Interesse der Felskünstler gegolten hat. Diese Tiere wurden in jeder Phase der Felskunst bis hinunter in durchaus geschichtliche Zeiten abgebildet.

*Abb. 104. Elefant
(B 135 H 90),
Wadi Takabar. 26RIV20
Stilisierte Jäger bedrängen einen Elefanten. Eine geisterhafte Gestalt macht sich am Hinterteil des Elefanten zu schaffen (siehe Abb. 214). Zwei verschiedene Rindertypen, das untere eindeutig jünger (Strichbeine, keine Sinnesorgane) weisen von der Patina und der Technik her in die Rinderzeit und hier in eine späte Phase.*

*Abb. 105. Fünf Elefanten
(B 210 H 135),
Wadi In Elobu. 2R16
Von besonderer Bedeutung sind die zwei vorderen Elefanten. Das kleine Format, Bewegung, geglättete Flächen, nachträglich (?) angebrachte Muldenaugen, all dies weist in die jüngere Jägerzeit. Der hintere von beiden überlagert ein Männchen. Die dahinter stehenden, verwischten Elefanten überlagern einen (Masken-?) Tänzer. Die Männchen mit den schlottrigen Gliedern gehören zu älteren Bildkompositionen. Die vielen Überlagerungen weisen auf eine sehr lange Chronologie hin (LUTZ 1993).*

*Abb. 106. Nashorn
(B 103 H 50),
Wadi Imrawen. 5RV33
Phantastisch übertriebenes
Nashorn in bester Ausführung.
Dekorativer Reliefstil mit doppelter Linienführung.*

*Abb. 107. Vier stürmende Büffel (B 61 H 80), Wadi Alamasse. 4RIV14
Vier eher kleinformatige, leicht stilisierte Büffel in starker Bewegung weisen in die jüngere Jägerzeit. Der Büffel (Syncerus caffer) kommt hauptsächlich im Wadi Alamasse vor. Er könnte Nachfahre, eher aber ein naher Verwandter des Bubalus antiquus (Syncerus caffer antiquus) sein.*

*Abb. 108. Giraffenkomposition (B 550 H 200), Wadi Aramas. 23R14A
Etwa dreißig Giraffen und einfache Menschenbilder tragen eine deutlich hellere Patina. Die Vernachlässigung der Sinnesorgane, die als Mulden gestalteten Kopfpartien, die spitzen und die Dreieckbeine weisen in die junge Jägerzeit.*

*Abb. 109. Löwe, Frontansicht (Kopf, B 27 H 24), Wadi Alamasse. 19RIV16A
Löwe, naturgetreue Abbildung im Reliefstil. Auffallend der große Kopf auf kleinem Körper. Früher Jägerstil. Löwen waren über das gesamte Gebiet verbreitet, im Bild kommen sie aber meist in einem späten Stil und mit heller Patina vor. Sie scheinen erst in einer späteren Klimaphase vermehrt zugewandert - oder für den Menschen von Bedeutung geworden zu sein. Vielleicht waren sie für die Jäger unwichtig, sehr wohl aber starke Konkurrenten der nachfolgenden Hirten.*

*Abb. 110. Hase (B 18 H 46), Wadi In Elobu. 9RII1
Der Hase gehörte sicher zum weitverbreitetsten Niederwild der frühen Jäger. Er wurde nicht allzuoft abgebildet. Das naturgetreue Tier trägt die Patina des Naturfelsens.*

*Abb. 111. Vier Wildesel (B 98 H 34), Wadi Gedid. 15GII21
Vier Esel- Vorderteile mit Naturpatina, Sinnesorganen und Perspektive an den Ohren weisen in eine frühe Phase der Felskunst.*

Abb. 112. Warzenschwein (B 28 H 15), Wadi In Hagalas. 35RIV33 Das Warzenschwein ist äußerst selten abgebildet, obwohl es sicher ein begehrtes Jagdwild war. Rinderzeit.

Abb. 113. Wüstenspringmaus (B 38 H 30), Wadi In Hagalas. 26RIII24 Die Wüstenspringmaus gehörte sicher nicht zum Jagdwild, aber ihre Abbildung zeugt von der feinen Naturbeobachtung unserer frühen Jäger.

Abb. 114. Straußenpaar (B 54 H 36), Wadi Alamasse. 15RIV4 Der Strauß kommt in allen Phasen der Felskunst und in allen Gebieten vor. Dieses naturgetreue, balzende Männchen gehört von der Patina und der Erosion her in die frühe Wildtierzeit. Der Hund, links im Bild, wurde erst später hinzugefügt.

85

Abb. 115. Mähnenschaf (Mufflon) (B 50 H 33), Oberlauf von Wadi Aramas. 17R26 Das Mähnenschaf kam wahrscheinlich in allen Klimaphasen in den Bergen des Messak vor. Es ist auch heute noch heimisch. Naturgetreue Abbildung mit sehr dunkler Patina. An derselben Fundstelle sind etliche gleichartige Bilder mit zusätzlichen zwei Augen ausgestattet (siehe Kapitel 7 und Abb. 142). Ein Umstand, der diese Bilder in eine frühe Phase der Felskunst verweist.

Abb. 116. Säbelantilope, Oryx (B 54 H 32), Wadi In Hagalas. 33RIII12
Oryx kommen in allen Stilphasen und mit unterschiedlichsten Patinen vor. Es ist sicher, daß dieses Tier mehrmals (zweimal?) in der Felskunst auftaucht. Dies läßt sich durch die verschiedenen Trockenzeiten erklären. Hier eine vereinfachte Abbildung, die nach dem Stil in eine jüngere Phase gehört.

Abb. 117. Vier Wüstenfüchse, Fennek (B 103 H 25), Wadi In Hagalas. 10RIII0
Wüstenfüchse sind im Felsbild nicht leicht von Wildkatzen zu unterscheiden. Sie kommen in allen Gebieten vor, tragen aber meist eine hellere Patina. Es scheint, als seien sie erst in einer späteren Trockenphase aufgetreten.

*Abb. 118. Flußpferd
(B 87 H 35) und ithyphallischer Mensch, Oberlauf von Wadi Aramas. 5RII19
Das Flußpferd im dekorativen Stil weist starke Patina und Erosion auf. Es gehört zum frühen Jägerstil. Flußpferdbilder kommen nicht allzuhäufig vor. Wenn, dann nicht im Unterlauf der Flüsse, wo man sie erwarten würde, sondern im Oberlauf der weiter westlich liegenden Wadis. Besonders häufig kommen Flußpferde - in einem jüngeren Stil - im südwestlich gelegenen Messak Mellet vor.*

Abb. 119. Krokodil und Flußpferde (B 150 H 130), Wadi Imrawen. 4RV12 Krokodil und zwei Flußpferde. Das obenstehende Flußpferd überlagert eine wesentlich ältere Abbildung des Bubalus antiquus. Im südlich gelegenen Messak Mellet häufen sich Bilder von Flußpferden. Vom Stil her dürften diese Abbildungen rinderzeitlich sein.

Abb. 120. Pelikan (B 87 H 35) und Ovoid, Oberlauf von Wadi Aramas. 5RII10 Der Pelikan wurde bisher zweimal im Bild angetroffen. Interessanterweise auch dieses Wassertier im Oberlauf der Flüsse.

Abb. 121. Hörnertier (B 43 H 36), Wadi Gedid. 12RII29 Das abgebildete Hörnertier ist nicht bestimmbar. Ein Halsband (?) deutet auf Domestikation hin. Es ist sorgfältig in absolut naturgetreuem Reliefstil dargestellt. Die gepickte Bildfläche deutet darauf hin, daß das Bild geglättet werden sollte. Patina und Erosion sind sehr stark. Alles Eigenschaften der frühen Jägerzeit.

11. DIE JAGD
Jagdsymbole, Fangstein, Radfalle, andere Jagdinstrumente, Bilderschrift

In der frühen Felskunst wurden in erster Linie die jagbaren Tiere abgebildet, seltener die Jäger. Am häufigsten kommt die Jagd mit Pfeil und Bogen vor. Auffallend ist ein Jägertyp mit Schürze und kleinem Bogen (Abb. 122). Der Knielauf ist betont, der Arm, der die Bogensehne spannt, ist weit abgewinkelt. Wurfwaffen (Speere) sind selten. Hakenstöcke und Wurfschlingen (Abb. 123) haben zum Fangen des Straußes gedient. Nicht zuletzt wird auch der Hund (Abb. 124 und 125) als Jagdhelfer eingesetzt. In Bezug auf Fallen, Fallgruben und ähnlichem besteht weniger Klarheit. Es gibt zwar vielerlei Schlingen, Kreise und Ovale, in denen oft auch Tiere stehen; man kann sie aber nicht eindeutig mit der Jagd in Verbindung bringen, zumal meistens Haustiere und nicht Wildtiere in diesen Ovalen stehen (Abb. 126 und 127). Ebensogut könnte man diese Zeichnungen als Stall, Verschlag oder als Umzäunung ansehen. Auch eine symbolhafte Bedeutung ist denkbar. Straußeneier spielten in dieser Zeit eine wichtige Rolle: als Nahrung, als Behälter und als Rohstoff für Schmuck. Es werden große Gelege mit der Henne und dem Hahn abgebildet, und mitunter kann man auch den Nesträuber erkennen (Abb. 128).

Ein interessantes Instrument der Jäger ist der Fangstein, der in großer Zahl in der gesamten Sahara anzutreffen ist (PACHUR 1991) (LUTZ 1992-1993). Es handelt sich um einen meist oval bis eiförmig zugerichteten Stein (Abb. 129), der mit einer tiefen, umlaufenden Kerbe versehen ist. Diese Kerbe diente zum Anbringen einer Seilschlinge, die in Bodennähe aufgespannt wurde. Sein Gewicht war sehr unterschiedlich, es reichte von 10 bis 80 kg. Geriet ein Tier mit dem Bein in eine solche Schlinge war es im Laufen schwer behindert - gefangen. Auf vielen Felsbildern hängt ein solcher Fangstein am Bein eines Tieres (Abb. 130 und 131). Oft wird es zusätzlich von Jägern mit Pfeil und Bogen bedrängt (Abb. 132). Hiermit wird der Fangstein eindeutig als Jagdinstrument ausgewiesen. Eine wichtige Funktion war aber sicher das schonende Einfangen von Wildtieren und deren Bändigung zum Zwecke der Haltung. Der Auerochs (*Bos primigenius*) und der Wildesel sind statistisch die am häufigsten mit einem Fangstein am Bein abgebildeten Tiere. Die vielen ebenso eingefangenen, ausgewachsenen Nashörner sprechen aber gegen die bloße Verwendung dieses Steines zum Zwecke von Bändigung und Domestikation, ebenso das Bild eines Jägers, der den mit einem Fangstein gefangenen Strauß erschlägt (Abb. 133). Der einzige Löwe dürfte eher ein Zufallsfang gewesen sein (Abb. 134).

Fangsteine weisen generell eine sehr dunkle Patina auf. Dies stimmt mit den Felsbildern überein, die in eine frühe Phase der Felskunst weisen.

Im Oberlauf von Wadi Tin Iblal fanden wir eine kleine Fundstelle an einer Schichtstufe am Ufer eines ehemaligen Sees. In der Nähe ist ein Krokodil abgebildet. An dieser Fundstelle ist achtmal dieselbe Bilderfolge dargestellt: Fangstein - Pfeil und Bogen - Kreis - Fährte der Gazelle (Abb. 135 und 136). Diese Symbole stehen alle in enger Beziehung zur Jagd. Die genaue Bedeutung des Kreises kennen wir nicht, es könnte die Schlinge, der Mensch, der Jäger oder einfach das Zentrum sein. Die Bodenplatten dieses Fluß- oder Jagdheiligtums(?) sind mit zahlreichen gravierten Tierspuren bedeckt. Ein Jahr später fanden wir im Wadi Takabar eine gleichartige Bildfolge. Man kann sie zweifelsfrei als Ideogramm ansprechen, und sie ist das erste, im Messak Sattafet beobachtete Auftreten einer frühen Bilderschrift. Abgeleitet von den Kriterien zur relativen Chronologie, fällt sie zeitlich eindeutig in das Neolithikum (LUTZ 1992-1993).

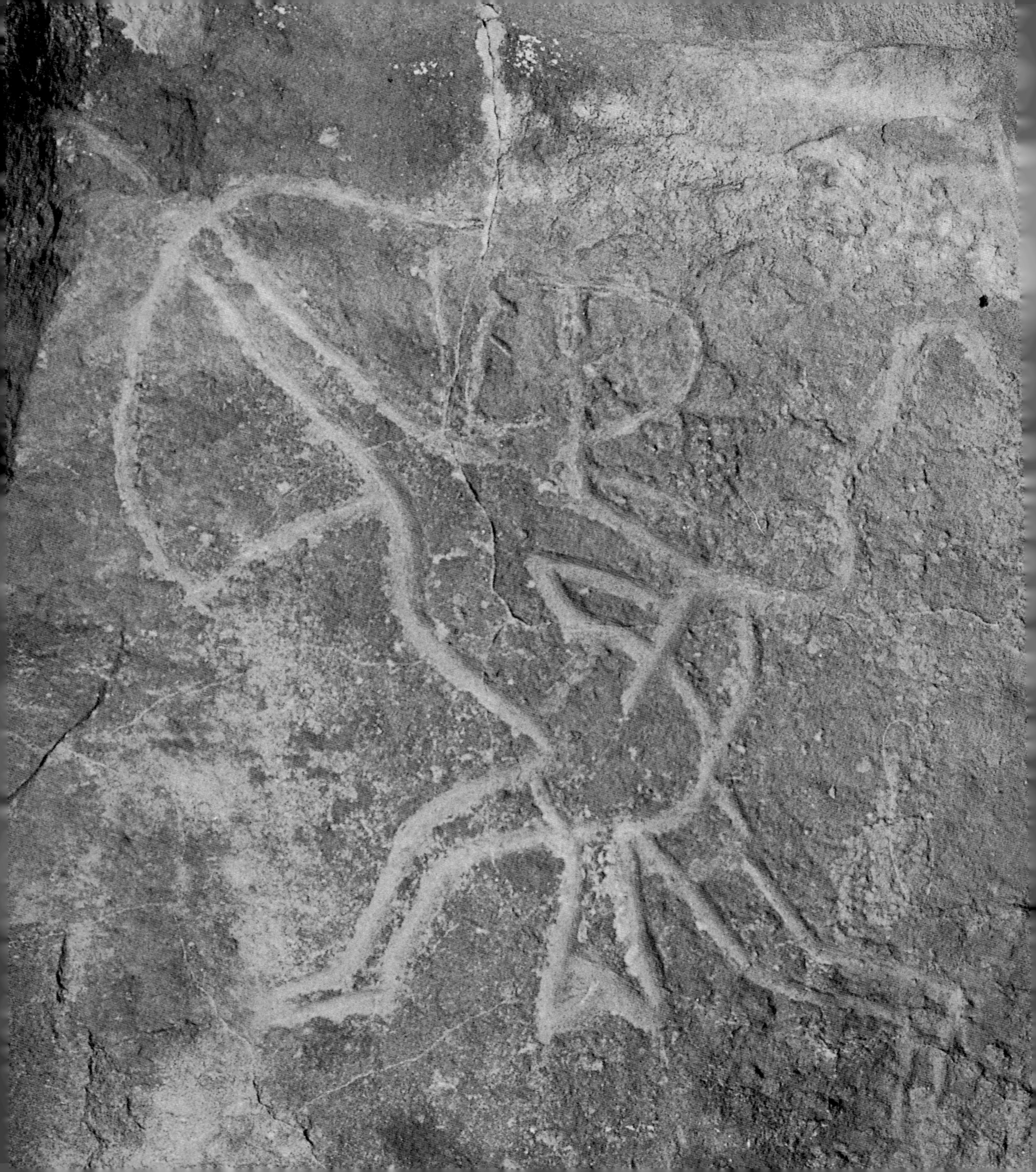

Abb. 122. Jäger (B 36 H 40), Wadi Mathenduch. 7RIII34 Laufender Jäger mit Schürze und Bogen. Die Patina ist heller. Die Bewegung ist typisch für die junge Jägerzeit.

Abb. 123. Jäger mit Schlinge fängt einen Strauß (B 37 H 32), Oberlauf von Wadi Aramas. 27RIV27A Strauße werden auf vielerlei Arten gejagt. Mit Hunden, Schlingen, Fangsteinen und Stöcken. Vereinfachtes Menschenbild aus der späten Jägerzeit.

Abb. 124. Hund und Strauß (B 65 H 50), Wadi In Elobu. 2GI24A Die Patina ist heller. Der perfekt stilisierte Hund stellt einen Höhepunkt des späten Jägerstiles dar. Die Bewegung beider Tiere ist voll erfaßt.

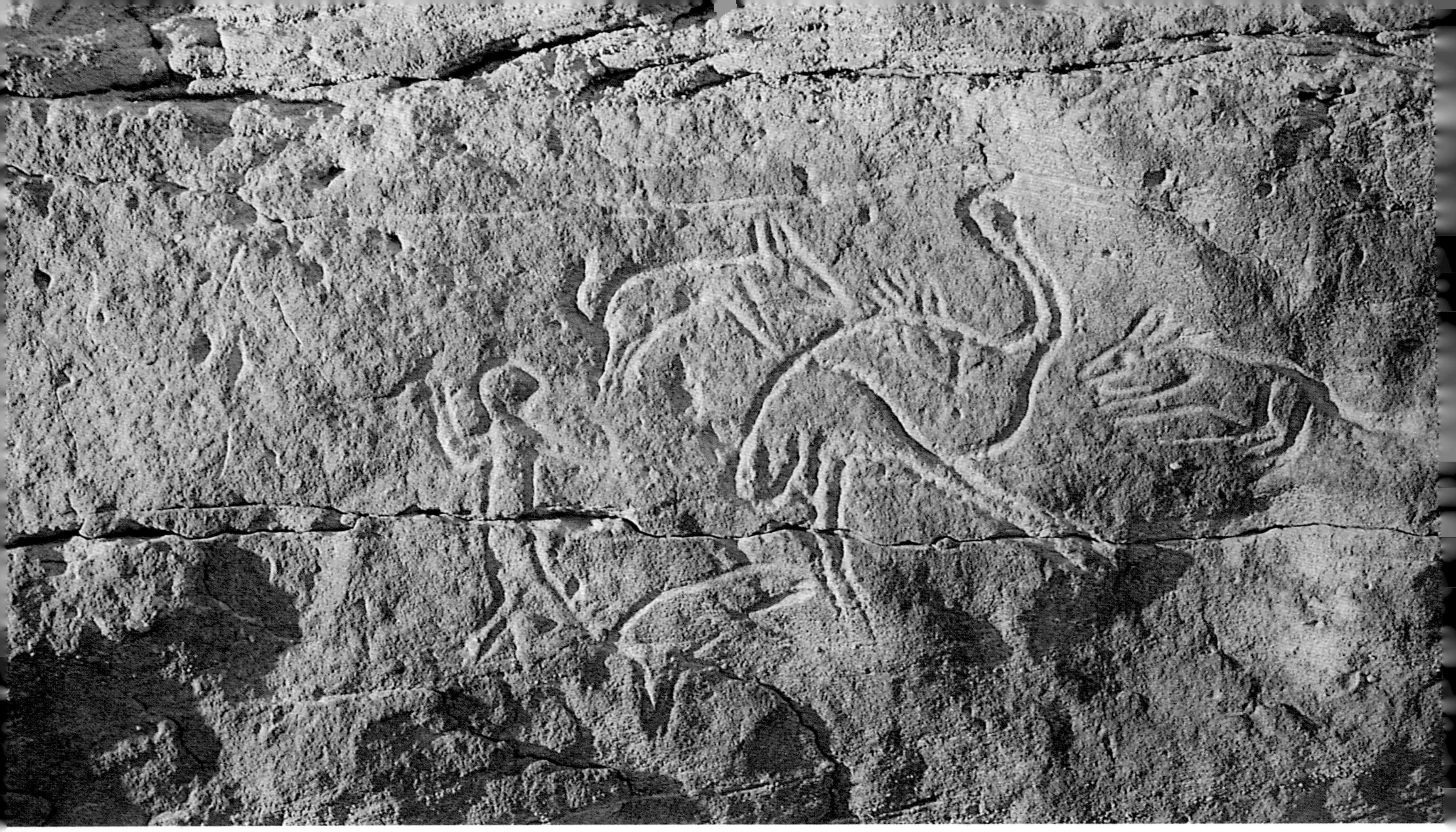

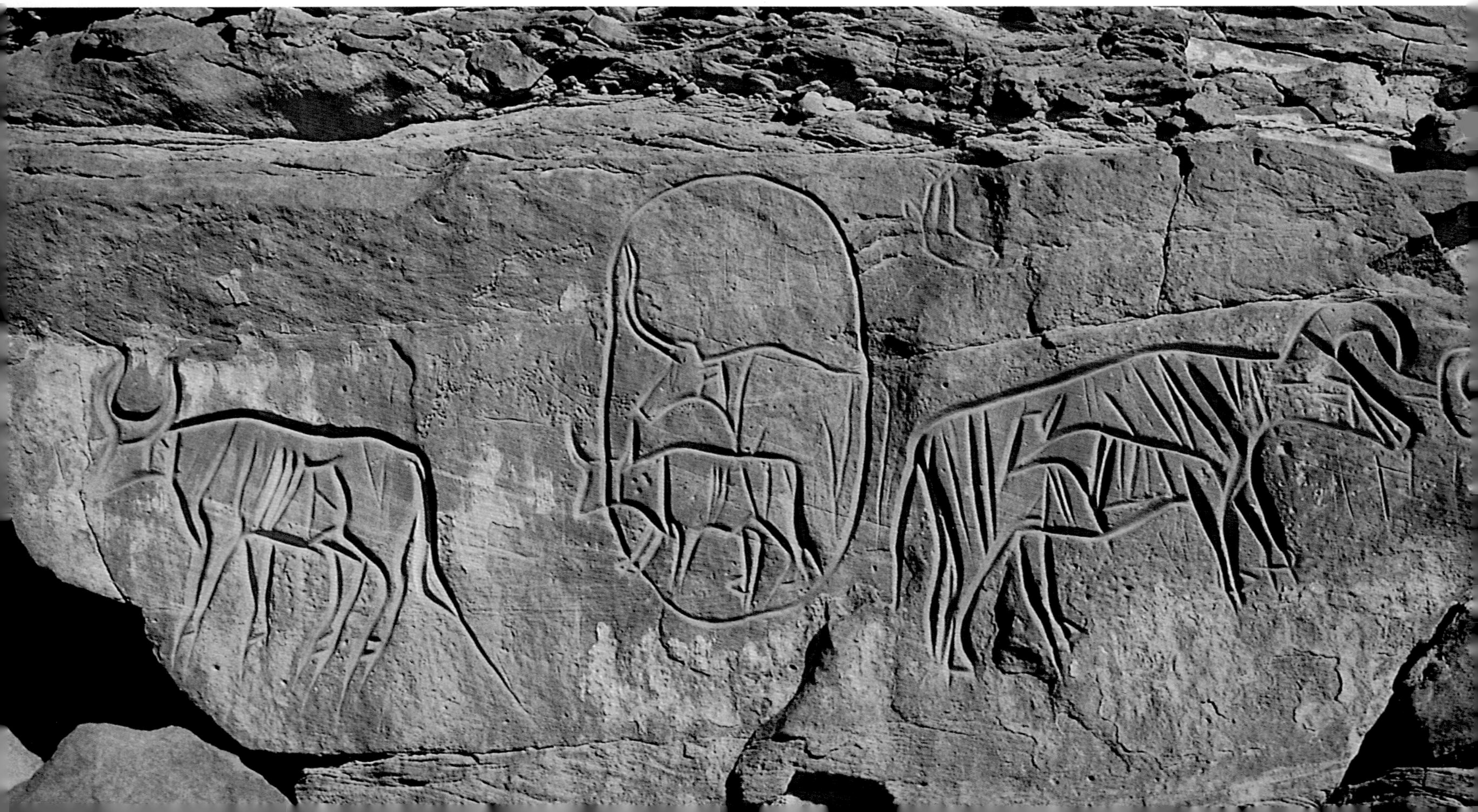

Abb. 125. Drei Hunde, Jäger und Strauß (B 76 H 30), Wadi Alamasse. 22RIV21
Die Hunde haben den Strauß gestellt. Der Jäger eilt herbei, um ihn mit einer Waffe zu erlegen.

Abb. 126. Sieben Rinder und Ovoid (B 240 H 90), Wadi Takabar. 31RIV1
Zwei Rinder in einem für die Rinderzeit typischen, eckig abgesetzten Stil stehen in einem Ovoid. Die Deutung dieses Ovoides als Falle gibt keinen Sinn. Eher könnte man an eine Umzäunung oder an ein Symbol denken. Beachtenswert ist das Kalb (?) innerhalb des Körpers der Kuh.

Abb. 127. Ziege in Ovoiden (B 35 H 48), Wadi In Hagalas. 31RIII18
Hier sind mindestens drei Ovoide verschiedenen Alters zu erkennen. Das äußerste ist gepickt und weist starke Patina und Erosion auf. Es gehört zu den frühesten Felsbildern überhaupt. Der innerste Kreis mit der friedlichen Ziege überlagert die anderen. Am ehesten kann man in ihm einen Ansatz von frühester Domestikation erkennen.

Abb. 128. Drei Strauße mit Gelege und Nesträuber (B 70 H 105), Wadi Alamasse. 4GIV33 Straußeneier waren in jeder Zeit von großer Bedeutung. Als Rohstoff für Schmuck, als Gefäße, als Nahrung. Im allgemeinen wird mit ihnen zusammen der brütende Hahn abgebildet. In diesem besonderen Fall macht sich ein Nesträuber mit menschlichen Armen und Beinen (Maskenmensch) an die Eier heran. Wir können nicht entscheiden, um welches Tier oder Mischwesen es sich handelt.

Abb. 129. Zwei Fangsteine, Wadi Berdjush. 37RIV34
Wie die Felsbilder zeigen, dienten die Fangsteine zum Jagen von Wildtieren. Eine in ihrer Kerbe befestigte Schlinge wurde knapp über dem Boden aufgespannt. Einige Bilder zeigen, daß das Tier anschließend konventionell getötet wurde. Der Gewichtsunterschied sollte dem ausgewählten Jagdwild in etwa entsprechen. Die Seile bestanden aus Pflanzenfasern (PACHUR 1991); um ein Reißen zu vermeiden, sollte das Tier nicht in einer starren Verankerung gefangen sein, sondern den Stein mitziehen können.

Abb. 130. Esel mit Fangstein (B 100 H 110), Wadi In Hagalas. 34RIII28
Der Esel und die Strauße sind Teile aus einer großen Komposition auf einer schrägen Platte mit zahlreichen Überlagerungen. Siehe den großen Strauß unmittelbar vor dem Esel. Der vereinfachte Stil gehört in die späte Jägerzeit. Statistisch ist der Esel nach dem Auerochsen am häufigsten mit einem Fangstein abgebildet. Wir kennen kein Bild, auf dem er wie andere Großtiere zusätzlich von Jägern bedrängt wird. Vieles deutet auf ein schonendes Einfangen zum Zwecke der Domestikation hin.

*Abb. 131. Nashorn mit Fangstein (B 124 H 68), Wadi Gedid. 10RII34
Auf einer waagrechten Platte sind zwei mit Fangstein eingefangene Nashörner dargestellt. Die Patina ist ihrer Lage entsprechend die des Naturfelsens. Die vereinfachte Ausführung, Umrißzeichnung mit nur zwei Beinen, weist in die späte Jägerzeit.*

Abb. 132. Auerochs mit Fangstein und Jägern (B 160 H 110), Wadi Gedid. 21RIII26 Der Auerochs trägt am Rücken die für ihn typische weiße Decke, er ist am Hinterbein mit einem Fangstein eingefangen (siehe Abb. 146). Jäger mit Pfeil und Bogen dringen auf ihn ein. Der Stil der Jäger und ihre Proportionen weisen in die späte Jägerzeit. Links außerhalb des Bildes stehen drei Esel, einer von ihnen ist ebenso mit einem Fangstein eingefangen.

Abb. 133. Jäger mit Strauß (B 54 H 46),
Wadi Alamasse. 14RIV21
Der Jäger erschlägt den mit einem Fangstein gefangenen Strauß. Ein einmaliges Bild, das das Töten in Verbindung mit dem Fangstein eindeutig dokumentiert. Die Patina ist hell. In diesem Falle liegt das am harten silikatreichen Untergrund. Auf solchen harten Flächen erfolgt die Patinabildung eindeutig langsamer.

Abb. 134. Löwe mit Fangstein (B 170 H 93),
Wadi In Hagalas. 38RIII3
Es bleibt offen, ob der Löwe nur ein Zufallsfang war. Der doppelte Schwanz und die doppelte Kopfpartie sollen wohl seine Erregung wiedergeben. An unzugänglicher Stelle angebracht, verbunden mit stilisierten Adoranten(?) und anderen unkenntlichen Bildresten, kommt ihm wohl tiefere Bedeutung zu. Die Linien des im eckig abgesetzten späten Jägerstil gefertigten Bildes sind bis zu 6 cm tief geschliffen.

Abb. 135. Ideogramm (B 28 H 10), Wadi Tin Iblal. 16RIII35
Das abgebildete Ideogramm bestehend aus Fangstein-Bogen-Kreis-Fährte ist an den Wänden einer kleinen Nische achtmal dargestellt. Auf den Bodenplatten sind vielerlei Hufabdrücke von Gazellen, Antilopen und größeren Huftieren abgebildet. Der Platz stellt wohl ein Fluß- oder Jagdheiligtum dar. Es ist das erste Auftauchen einer solchen Bildfolge, die auf den Übergang zu einer Bilderschrift hinweist.

Abb. 136. Ideogramm (B 15 H 10), Wadi Tin Iblal 7GIII33
Das im vohergehenden Bild beschriebene Ideogramm liegt in mehreren, aber gleichartigen Ausführungen vor.

12. BUBALUS ANTIQUUS
Syncerus caffer antiquus, ausgestorbener Urbüffel

Nicht zufällig haben die frühen Erforscher der Sahara-Felskunst eine ganze künstlerische Epoche oder auch einen Stil jägerischer Felskunst mit „Bubaluszeit" (oder *Urbüffel*) benannt. Dieser mächtige Bovide (Abb. 41, 137 und 138) mit seinen langen, hochaufragenden Hörnern und dem seitlich anliegenden kurzen Ringelschwanz wird zumeist als Einzelgänger, als Bulle abgebildet, es gibt aber auch Herden mit Kühen und Jungtieren. Mehrmals sieht man diese mächtigen Tiere im Zweikampf (Abb. 139). Nach der heutigen Auffassung dürfte dieser Urbüffel mit dem Kaffernbüffel (*Syncerus caffer*) nahe verwandt gewesen sein und wurde somit zoologisch als Syncerus antiquus bezeichnet (GAUTIER und MUZZOLINI 1991). Wie die Felsbilder zeigen, werden seine Hörner möglicherweise in einer späteren Phase von Bewaldung durch natürliche Auslese kürzer. Ebenso ist ein Geschlechtsdimorphismus erkennbar (Abb. 140). In den östlich liegenden Wadis (Wadi Alamasse) sind überwiegend Tiere mit kleineren Hörnern und fliegendem Schwanz abgebildet. Bei diesen Bildern kann es sich sowohl um einen Kaffernbüffel (*Syncerus caffer*) als auch um einen Altbüffel handeln. Wir bezeichnen ihn bis zur endgültigen Klärung als den Typ II des Bubalus. Es handelt sich um stark behornte Tiere, und die Unterschiede sind gleitend (Abb. 107). Ihr Stil weist in eine jüngere Phase der Felskunst, aber ihre Beine zeigen oft dieselbe Perspektive wie die Bubalusbilder. Ganz vereinzelt sind auch sie mit einem seitlich anliegendem Ringelschwanz ausgestattet. Manche Bubalusbilder (Inhabeter II) scheinen nachträglich in Büffelbilder solcher Art umgearbeitet zu sein! Vielleicht handelt es sich beim Bubalus um eine ausgestorbene Unterart des Kaffernbüffels (PETERS et al. 1994), wie eben die Variabilität in der Hornform der im Messak Sattafet dargestellten Tiere zu belegen scheint. Vermutlich starb der Bubalus antiquus im Verlauf des Neolithikums aus.

Dieses gewaltige Tier - ganz allgemein Bubalus genannt - muß unsere Vorfahren wegen seiner Mächtigkeit sehr beeindruckt haben. Auch für uns ist die Entdeckung eines neuen Bubalusbildes jedesmal ein tiefes Erlebnis. Die frühen Abbildungen sind von besonders kunstvollem Naturalismus, sie wirken geradezu monumental. Sie haben eine besonders auffallende, deckende Perspektive an den Beinen (Abb. 141). Auch die treffende Darstellung der Beine selbst ist typisch. Es ist ein Stil für sich. Wahrscheinlich spielte der Bubalus im Kult eine gewichtige Rolle, und er scheint sie auch weit über sein Verschwinden hinaus gespielt zu haben. Viele Bubalusbilder wurden in späterer Zeit aufgefrischt und umgestaltet, insbesondere wurden an ihnen die typischen Merkmale von Rindern angebracht (Abb. 59, 60 und 142). Unter anderem wurden sie mit einem zusätzlichen, hängenden Rinderschwanz ausgestattet (Abb. 90) (LUTZ 1995b). Vor Ort kann man nicht daran zweifeln, daß viele Bubalusbilder tatsächlich zu den frühesten Abbildungen gehören.

Daß andererseits das Vorkommen des Bubalus weit in das rinderzeitliche Neolithikum hineinreicht, wird durch neu aufgefundene Bilder eindeutig bewiesen. Dort wird der Bubalus im selben Stil und in derselben Technik, mit domestizierten Rindern vergesellschaftet, dargestellt.

Dachten wir anfangs an ein „heiliges Tier", so muß diese Meinung nach neuerdings aufgefundenen Bildern in Frage gestellt werden. Auf zwei Darstellungen wird der Bubalus von Jägern mit Pfeil und Bogen bedrängt. Es gibt auch ein zwar größtenteils zerstörtes Bild, auf dem der Bubalus mit einem Fangstein am Bein gefesselt ist.

Abb. 137. Bubalus antiquus (Syncerus caffer antiquus) (B 110 H 78),
Wadi Alamasse. 28RIII34 Eines der schönsten Beispiele einer klassischen Bubalusabbildung. Viele Bilder sind in authentischer Art gefertigt. Diese hervorragende Ausführung deutet nicht in die früheste Zeit der Felskunst. Auch das zeitliche Verhältnis zum abgebildeten Rind war hier nicht eindeutig zu klären. Typisch für den Bubalus sind mächtige Hörner, Schlappohr, statische Perspektive an den vier Beinen und seitlich anliegender Ringelschwanz. Hierin ist er eindeutig von seinem nahen Verwandten, dem Kaffernbüffel (Syncerus caffer), zu unterscheiden.

137

*Abb. 138. Bubalus antiquus (B 112 H 110), Wadi Gedid. 12RII1
Vergleicht man die Art der Abbildung dieses Tieres mit der des vorhergehenden Bildes, ist der Unterschied offensichtlich. Ebenso viele Bubalusbilder folgen diesem primitiveren Kodex, aber die typische Beinstellung ist identisch. Die Felsfläche blieb roh (unbearbeitet), es scheint eine ältere Art der Abbildung zu sein. Viele Überlagerungen.*

Abb. 139. Bubali im Zweikampf (B 80 H 38), Wadi Tilizaghen. 9RII34 Bubali im Zweikampf sind öfters abgebildet, so auch im Sahara Atlas. Auch im Kampf bleibt der Ringelschwanz an der Seite. Beim Kaffernbüffel ist er hoch erhoben. Später Jägerstil.

Abb. 140. Bubalusbulle mit Kuh und Oryx-Antilope (B 157 H 60), Wadi Alamasse. 4RIV18
In einer der vielen Varianten des späten Jägerstils gefertigt, zeigt das Bild den Größenunterschied zwischen männlichem und weiblichem Tier. Die im selben Stil abgebildete Oryx (-antilope) weist in eine Trockenperiode.

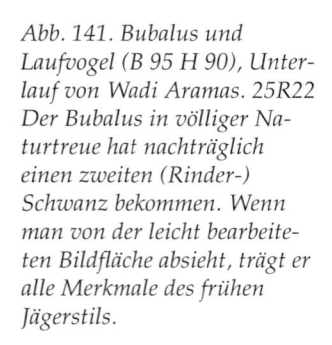

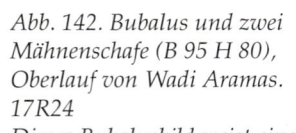

Abb. 141. Bubalus und Laufvogel (B 95 H 90), Unterlauf von Wadi Aramas. 25R22
Der Bubalus in völliger Naturtreue hat nachträglich einen zweiten (Rinder-) Schwanz bekommen. Wenn man von der leicht bearbeiteten Bildfläche absieht, trägt er alle Merkmale des frühen Jägerstils.

Abb. 142. Bubalus und zwei Mähnenschafe (B 95 H 80), Oberlauf von Wadi Aramas. 17R24
Dieses Bubalusbild weist eine lange Chronologie auf, ein Zeichen dafür, daß im Kult seine Bedeutung über lange Zeit erhalten blieb. Von der originalen Fassung ist wenig erhalten. Der Bubalus wurde nachträglich in ein Rind mit Halsband umgearbeitet. Auch das hinter ihm stehende Mähnenschaf hat nachträglich zwei Muldenaugen erhalten. Man kann viele Überlagerungen erkennen.

142

13. AUEROCHS, UR, BOS PRIMIGENIUS
Früheste Domestikation des Rindes

Der Auerochs oder Ur *(Bos primigenius)* (Abb. 88, 143 und 144) gilt als Wildvorfahre des Hausrindes und war einst weitverbreitet in Eurasien und Afrika nördlich der Sahara, jenem Gebiet, das die Zoologen als Palaearktis bezeichnen. Noch zwei weitere Tierarten der palaearktischen Region drangen bis in den Messak Sattafet vor: der Braunbär *(Ursus arctos)* (Abb. 145) und das Wildschwein *(Sus scrofa)* (Abb. 148 und 200). Sie wurden nur vereinzelt abgebildet. Der nur einmal in Begleitung eines Elefanten abgebildete Braunbär trägt einen Zaum, und er wurde nachträglich mit gepickten Hörnern auf der Nase ausgestattet (Nashorn-). Ob es sich um ein importiertes Spieltier handelt? Häufig hingegen wurde der Auerochse abgebildet, leicht erkennbar an seinen zangenförmig weit nach vorne gebogenen Hörnern und der hellen Sattelzeichnung auf dem Rücken (BOESSNECK 1988, Abb. 21). Meist werden großformatige Einzeltiere - Stiere, aber auch Herden - dargestellt. Auf den Felsbildern wird der Auerochse von allen Wildtieren am häufigsten mit dem Fangstein dargestellt (siehe Kapitel 11 „Die Jagd"), das Jagdinstrument par excellence für das Einfangen größerer Wildsäuger (PACHUR 1991) (LUTZ 1992-1993). Auf etlichen Bildern wird das so eingefangene Tier zusätzlich von Jägern mit Pfeil und Bogen bedrängt (Abb. 132 und 146). Zweifelsohne sind es Wildrinder, die zur Fleischbeschaffung getötet wurden. Auf einem Bild ist der Ur mit zwei Fangsteinen gefesselt, an einem Bein mit einem Seil, am anderen mit einem breiten Band. Man könnte annehmen, daß er - einmal eingefangen und anschließend schonend gehalten - gebändigt (?) wurde (Abb. 147). Wenn in solchen Szenen ausschließlich Urstiere auftreten, ist es dann Zufall, daß auf derselben Bilderwand später und in anderem Stil Hausrinder und zwar nur Kühe hinzugefügt worden sind? Dies ist bei den Hausrinddarstellungen im Messak Sattafet die Ausnahme, denn es gibt sonst fast nur Bilder von Stieren bzw. Ochsen, und dies tausendfach! Vielleicht deutet diese Bildkomposition auf einen Vorgang hin, der in der Haustierforschung als Nachdomestikation bezeichnet wird, wobei der Wildvorfahre eines Haustieres erneut eingekreuzt wird, z.B. mit dem Ziel, größere Tiere zu bekommen (Abb. 146). Dennoch bleibt fraglich, inwiefern sich die in der freien Wildbahn aufgewachsenen Urstiere für solche Experimente geeignet haben. Aus heutiger Sicht wäre das Einfangen und das Halten von Jungstieren über längere Zeit hinweg wohl der einfachere Weg, diese Wildrinder an die Anwesenheit des Menschen mit seinen Hausrindern zu gewöhnen, bevor sie mit Aussicht auf Erfolg für die Nachzucht eingesetzt werden können. Bis auf weiteres wird ungeklärt bleiben, ob die vorher geschilderten Bildkompositionen tatsächlich solche Kreuzungsversuche belegen.

Das intensive Studium von Patina und Erosion läßt es denkbar erscheinen, daß bereits in der ersten holozänen Feuchtphase, 10.000 bis 6.000 v. Chr., das heißt vor der Austrocknung des 6. Jahrtausends v.Chr. im Messak erste Domestikationsversuche mit Auerochsen stattgefunden haben; die Bilder des Auerochsen mit und ohne Fangstein sind sehr alt (Abb. 88) (siehe Kapitel 14 „Die Haustiere")! Etliche Darstellungen von eindeutig domestizierten Rindern deuten ebenfalls in eine sehr frühe Zeit der Felskunst (LUTZ 1993). Auch Moris Annahme eines „pastorale antico" (frühe Rinderzeit) muß hier erwähnt werden. Somit wäre diese früheste Phase von Rinderdarstellungen eindeutig von dem offensichtlich im Neolithikum (etwa 4.500 v.Chr.) stattfindenden Einströmen bereits domestizierter Tiere zu unterscheiden.

Die außerordentliche wirtschaftliche Bedeutung, die dieses Tier für die vorgeschichtlichen Jäger hatte, wird dadurch unterstrichen, daß es häufig vom Fabelwesen „Robusta" als Beute über der Schulter getragen wird (siehe Kapitel 16 „Theriomorphe"). Somit befassen sich nicht nur die reinen Jagdbilder des Messak Sattafet intensiv mit diesem Tier, es spielt auch in den mythologischen Darstellungen eine wichtige Rolle.

Abb. 143. Herde von Auerochsen (B 250 H 95), Wadi Takabar. 24RIV10 Eingeigelte (?) Herde von fünf Auerochsen. Deutlich erkennbar die weiße Decke am Rükken und die weit nach vorne gebogenen Hörner mit starker Stirnplatte.

Abb. 144. Auerochs, Ur (B 67 H 45), Wadi Takabar. 8GIV8
Bei dem abgebildeten Tier ist es nicht sicher, ob es sich noch um einen Urstier oder schon um eine früheste Form von Domestikation handelt. Wesentliche Merkmale des Urtyps fehlen, und am Maul kann man eine Art Zaum erkennen.

Abb. 145. Bär (B 104), Wadi Gedid. 11RII27
Einmalige Abbildung eines Bären in Begleitung eines Elefanten. Es ist nicht zu entscheiden, ob der Strich hinterm Maul die Abgrenzung einer helleren Schnauze oder einen Zaum darstellt. Dem Bären wurden in späterer Zeit zwei gepickte Hörner auf der Stirn hinzugefügt (Nashorn-). Es bleibt offen, ob es sich um ein Wildtier oder um ein (importiertes?) Spieltier handelt.

Abb. 146. Auerochsen, Rinder und Esel (B 290 H 227), Wadi Gedid. 21RIII24
Bei dieser großen Bildkomposition nehmen die zwei Auerochsen und die Esel die primären Flächen ein. Alles andere ist auf beengtem Raum hinzugefügt. Je ein Auerochse und ein Esel sind mit Fangsteinen eingefangen (siehe Abb. 132). Bewaffnete Jäger sind im Bild. Die hinzugefügten Tiere sind eindeutig Hausrinder - Kühe! Hier könnte es sich um ein Beispiel von Domestikation oder Nachdomestikation handeln.

Abb. 147. Auerochse (B 104 H 50), Wadi Gedid. 39RIII17 Der Auerochse im frühen Jägerstil jedoch mit etwas hellerer Patina ist mit zwei Fangsteinen abgebildet. Die Patina und die Ausführungstechnik der beiden Fangsteine sind dieselben. Das Seil des hinteren Fangsteines gleicht mehr einem breiten Band, was auf schonendes Anbinden hindeuten könnte. Sollte es sich hier um ein Beispiel der im Text erwähnten Nachdomestikation handeln, für die es etliche Hinweise gibt?

Abb. 148. Wildschwein (B 74 H 47), Wadi Takabar. 32RIV4 Einmalige Darstellung eines Wildschweines mit heller Patina.

Abb. 149. Auerochse (B 182 H 102), Wadi Alamasse. 17RIV13 Der mächtige Ur trägt die Merkmale des frühen Jägerstils, aber auch er überlagert ein noch älteres Bild. Die bewegten Jäger mit den stark angewinkelten Armen weisen in die späte Jägerzeit.

14. DIE HAUSTIERE
Rinder, Schafe, Ziegen u.a.m.

Abb. 150. „Prachtrind" mit Horn nach vorne (L 59 H 40), Oberlauf von Wadi Aramas. 15R24
Dieser Typ von Rindern wird an verschiedensten Orten meist nur als Vorderkörperbild im Reliefstil dargestellt. Wir bezeichnen sie als „Prachtrinder", weil sie besonders sorgfältig gearbeitet sind. Die Hornformen sind vielfältig, auch hornlose Tiere kommen vor. Sehr viele aber tragen ein besonders kräftiges, bogenförmig nach vorne schwingendes Horn. Viele von ihnen - aber meist nur dieser Typ - haben nachträglich ein zusätzliches Auge erhalten (siehe Kapitel 7 „Das Auge"). Sie sollten in eine frühe Phase der Züchtung gehören. Im vorliegenden Fall besteht das zusätzliche Auge aus einer gepickten Mulde.

Wie im vorhergehenden Kapitel erwähnt, schließen die Felsbilder nicht aus, daß in der zentralen Sahara eine autochthone Domestikation stattgefunden hat. Die Rinderhaltung beginnt sehr früh, vielleicht noch vor dem 6. Jahrtausend v.Chr. Auch das Einfangen des Auerochsen (siehe Kapitel 11 „Die Jagd" und 13 „Auerochse") fällt in dieselbe Periode. Auf den Felsbildern verändern, vielleicht im Zuge der Züchtung, die Hörner des Auerochsen ihre Lage und Form. Vom zangenförmig nach vorne, unten gerichteten Gehörn des Auerochsen, erheben sie sich, um sich dann in verschiedensten Formen und Größen aufzurichten und zu öffnen. Wahrscheinlich sind die kräftigen, in weitem Bogen hoch nach vorne schwingenden Hörner die frühesten Formen der Züchtung (Abb. 150, 151 und 152). Zur Zeit ist die Intensität der Austrocknung des 6. Jahrtausends v.Chr. noch nicht genügend erforscht. Es scheint so, als hätte sie das Gebiet weitgehend unbewohnbar für Mensch und Tier gemacht. So deutet vieles darauf hin, daß das domestizierte Rind im Felsbild zweimal auftaucht. Ein erstes Mal vor, ein zweites Mal nach dem trockenen 6. Jahrtausend v.Chr. Es gibt Gravuren von Rindern in eigenem Stil, die eine sehr dunkle Patina und eine sehr starke Erosion aufweisen. In der zweiten Phase, der eigentlichen neolithischen Rinderzeit (4.500-2.500 v.Chr.), wird die Haustierhaltung auch in der zentralen Sahara zur vorherrschenden Wirtschaftsform (Abb. 154 und 160) und mit ihr erlebt die Felskunst ihre größte Intensität und handwerkliche Blüte.

Beim jetzigen Forschungsstand muß man davon ausgehen, daß dieses vehemente Auftauchen (im Felsbild) der klassischen Haustiere Rind (Abb. 153, 155 und 156), Schaf (Abb. 158), Ziege (Abb. 157) und Hund (Abb. 114, 124 und 125) im Messak Sattafet weitestgehend einwandernden Hirten zu verdanken ist. Spätestens um 4.000 v. Chr. dürfte dieses Ereignis stattgefunden haben, wie aus der Analyse von Tierknochen aus archäologischen Ausgrabungen im benachbarten Akakusgebirge hervorgeht (GAUTIER und VAN NEER 1982). Woher diese Hirtenvölker stammen, weiß man nicht. Die Felsbilder zeigen verschiedenste Menschentypen. Die Rinderdarstellungen belegen aber auch stattliche Langhornrinder, so wie man sie aus Reliefs des Alten Reiches (2635 bis 2154 v.Chr.) in Ägypten kennt (BOESSNECK 1988, Abb. 51 und 118). Auch die Schafe, zum Teil Haarschafe (Abb. 158), weisen Ähnlichkeiten mit denjenigen aus frühdynastischer Zeit Ägyptens auf (BOESSNECK 1988, Abb. 105 und 121). Dort werden sie allerdings als sogenannte „libysche Beute" angeführt! Bis eingehende Untersuchungen vorhanden sind, darf man jedoch diese Parallelen nicht überbewerten, liegen doch einige Tausend Kilometer zwischen dem Niltal und dem Messak Sattafet. Auch über die Durchgängigkeit der „westlichen Wüste" (von Ägypten aus!) wissen wir nichts. Auf jeden Fall gibt es keine Felsbilder von ägyptischen Menschen, die wir als Begleiter der Haustiere erwarten müßten. Auch der starke ägyptische Mythos ist im Messak Sattafet nicht zu erkennen. Das Niltal mit seiner gesicherten Wasserführung kann nicht mit der Wüste verglichen werden. Es führte in jeder Zeit ein Eigenleben, und es bestand kein Bedürfnis nach Ausdehnung in Richtung Wüste.

Während die Bilder der frühen Wildtierzeit der weiter oben beschriebenen Stilwandlung unterliegen, setzen die Rinderbilder des Neolithikums schlagartig neue, durchaus klassische Akzente. Aber auch sie machen ab nun die Stilwandlungen der Wildtierbilder mit (Abb. 159). Das Hausrind ist bei Hirtenvölkern Symbol von Reichtum, nun wird es tausendfach abgebildet. Die Naturbeobachtung und die technische Ausführung erreichen einen neuen Höhepunkt. Die perspektivische Darstellung von Einzeltieren und Herden besticht gleichermaßen (Abb. 160, 161 und 162). Das Flachrelief wird häufig angewandt, und es gelingt in perfekter Art. Viele Tiere tragen einen prächtigen Hörnerschmuck (Abb. 163 und 164). Es werden fast ausschließlich Stiere abgebildet. Am Rande von Rinderherden kann man häufig Einzeltiere beobachten, die den Büffeln (siehe Kapitel 12 „Bubalus antiquus") näher stehen (Abb. 160 und 162).

Ein besonders auffallendes Attribut dieser Zeit, das nur in Begleitung von klassischen Rinderbildern vorkommt, soll hier ebenfalls kurz beschrieben werden. Es handelt sich um eine Art Pfahl mit kräftiger fischschwanzartiger Gabelung. Wir bezeichnen diesen Pfahl zur Zeit als "Gabelstock". Der Gabelstock ist meist quer im Gehörn eines Rindes angebracht (Abb. 165 und 166). Ganz selten wird er alleinstehend dargestellt. Wir kennen einige Bilder, auf denen an einem solchen Pfahl verschiedene

Gegenstände aufgehängt sind (Abb. 168); er dient somit offensichtlich einem ganz profanen Zweck. Ein besonders interessantes Bild dieser Art hat Jacquet entdeckt (JACQUET 1978). Leider gibt er den genauen Standort nicht preis; so entzieht es sich einstweilen weiteren Studien. Die Szene zeigt das Lager einer Hirtengruppe mit vielen aufgerichteten Gabelstöcken, an denen Vorratsgefäße und verschiedene Geräte aufgehängt sind. Der Gabelstock ist aber mehr als ein bloßer Gebauchsgegenstand, man könnte auch an einen symbolischen Lebensbaum denken (Abb. 229). In einem Falle wird er von zwei Menschen umtanzt (?) (Abb. 167). Auf einem anderen Bild ist ein Gabelstock besonders aufwendig ausgeführt, und er wird auf ein prächtig geschmücktes Rind verladen (Abb. 169); hier deutet die prunkvolle Ausstattung auf Kult, vielleicht auf ein Opferrind hin. Rinder, die mit dem Gabelstock ausgestattet sind, sind sowohl technisch wie künstlerisch besonders gut ausgeführt und häufig im Reliefstil gefertigt. Der Pfahl ist weit mehr als der häufig vorkommende sonstige Hörnerschmuck. Der Gabelstock charakterisiert eine ganz bestimmte Hirtengruppe. Er kommt nur im Zentrum des Messak Sattafet in jenem Gebiet vor, in dem wir das Entstehen der großen Kulturen vermuten (LUTZ 1992b).

Abb. 151. Zwei "Prachtrinder" (H 40), Oberlauf von Wadi Aramas. 15R27 Vorderkörper zweier „Prachtrinder". Sie weisen das zusätzliche, gepickte Muldenauge auf (siehe Kapitel 7 „Das Auge").

*Abb. 152. Rinderkopf
(B 63 H 50),
Wadi Alamasse. 29RIV6
Rind mit Halsband und kräftigem Horn nach vorne. Frühe Form der Domestikation? Die Patina ist sehr dunkel.*

Abb. 153. Rind mit deformierten Hörnern (B 80 H 55), Wadi In Hagalas. 29RIII20
Es ist durch viele Bilder belegt, daß künstliche (?) Deformation von Hörnern bekannt und üblich war.

Abb. 154. Rind (B 100 H 73), Oberlauf von Wadi Aramas. 4RII13
Rind in klassischer Ausführung. Ältere Bilder sind bereits abgewittert. Der schrägen Platte entsprechend ist die Patina die des Naturfelsens.

*Abb. 155. Rinderherde (B 71 H 50), Wadi Alamasse. 5RIV13
Diese Herde von fünf Rindern weist verschiedene Hornformen bis zur Hornlosigkeit auf. Im Stil stehen diese Tiere den „Prachtrindern" nahe, allerdings sind sie als Ganzkörper dargestellt.*

Abb. 156. Rind mit Halsband (B 90 H 60), Wadi In Hagalas. 29RIII21 Klassisches Rinderbild hoch in der Wand, völlig unzugänglich.

Abb. 157. Ziegen (B 40 H 35), Wadi Takabar. 25RIV26 Drei Ziegen stehen in guter Perspektive zueinander. Die Patina ist etwas heller als die der Felsoberfläche, aber trotzdem wirkt das Bild sehr alt.

Abb. 158. Trächtiges Haarschaf (B 113 H 53), Wadi In Hagalas. 25RIII31 Hervorstechend ist das in gekonnter Naturtreue ausgeführte trächtige Haarschaf. Es gehört zu einer Herde von mindestens fünf verdeckten Tieren. Patina und Erosion sind sehr stark. Daneben stehen zwei verschiedenartige Ovoide. Die chronologische Einordnung zahlreicher Bilder dieser Art ist zur Zeit ein besonderes Problem.

Abb. 159. Rinderherde (B 85, Szene 220), Wadi Takabar. 29RIV12 Ausschnitt aus einer Rinderherde in einem besonders tief gravierten, abgesetzten Stil. Eine stilistische Untergruppe innerhalb der Rinderzeit.

*Abb. 160. Rinderherde
(B 174 H 84),
Wadi In Hagalas. 33RIV18
Prächtige Rinderherde auf
einer horizontalen Felsplatte in
einer kleinen Höhle. Reliefstil
mit sehr dunkler Patina. Links
oben ist ein Büffel zu erkennen. Bemerkenswert das Sattelemblem am rechten großen
Rind (siehe Kapitel 15 „Der
Mensch).*

Abb. 161. Rinderherde (B 160 H 63), Wadi Gedid. 12RII23
Diese meisterhafte Gruppierung gehört zu den bedeutendsten Rinderbildern überhaupt. Auf geniale Art ist alles vereint, was ein solches Werk auszeichnet; Technik, Vereinfachung, Perspektive.

Abb. 162. Rinder und Büffel (?) (B 160 H 143), Wadi Tin Sharuma. 19RV3 Viele Tiere, die man eher als Büffel ansprechen muß, umgeben zwei eindeutig domestizierte Rinder mit einer (Sonnen-) Scheibe am Geschlecht. Rechts nebenan steht Bos primigenius in einem symbolischen Uterus. Rinderzeitliches Flachrelief in bester Perspektive.

Abb. 163. Vier Rinder mit prächtigem Hornschmuck (B 100 H 130), Wadi Tin Iblal. 10RIII5 Vier Rinder mit besonders aufwendigem Schmuck oder Lasten in den Hörnern. Hinten folgt ein Träger mit einer Last. Hornschmuck kommt vielfach vor, selten ist er so prächtig wie hier im Bild.

Abb. 164. Rinder mit Hornschmuck und Sattel (H 118), Wadi Tidoua. 15RV35A Drei Rinder sind überaus prächtig aufgezäumt und geschmückt. Sie werden an Seilen geführt. Sie sind Teil einer Gesamtkomposition von drei Frauen und einem kleinen Mann, alle in prächtiger Kleidung (siehe Abb. 194). Das oberste Rind überlagert ein sehr frühes Flußpferd.

164

Abb. 165. Rind mit Gabelstock (B 60 H 40), Wadi In Hagalas. 29RIII11 Drei Rinder in der Art der „Prachtrinder". Eines davon trägt einen Gabelstock im Gehörn. Dieser hier scheint zusätzlich auf einem kreuzförmigen Gestell zu ruhen.

Abb. 166. Rinderkopf mit Gabelstock (B 78 H 30), Wadi In Hagalas. 28RIII 4 Rinder mit Gabelstock sind meist mit besonderer Sorgfalt ausgeführt. Hier wurde der Reliefstil eindrucksvoll angewandt. Das Gestein ist sehr hart und silikatreich, daher erscheint die Patina hell. Es konnte nicht mit völliger Sicherheit festgestellt werden, ob das Bild aufgefrischt oder unfertig ist. Es fehlt der übliche Feinschliff.

Abb. 167. Menschen umtanzen einen Pfahl (B 70 H 30), Oberlauf von Wadi Aramas. 11G1
Zwei Menschen tanzen um einen Pfahl. Es könnte sich um einen (Lebens-)Baum oder um einen Gabelstock handeln. Im Wadi In Hagalas existiert ein Bild, auf dem der Gabelstock neben anderen Geräten als Einzelstück abgebildet ist.

Abb. 168. Rinder, Pfahl mit Geräten (B 69 H 43), Wadi In Hagalas. 34RIV1
Zwei Rinder, eines mit einem großen Muldenauge stehen neben einem prunkvollen Pfahl. Dieser erinnert an den Gabelstock. Es sind Gegenstände aufgehängt.

Abb. 169. Drei Männer mit geschmücktem Rind (B 75 H 76), Oberlauf von Wadi Aramas. 15R29 Prächtigste Abbildung eines Rindes mit Gabelstock. Drei Männer umtanzen oder beladen das am Boden liegende Tier. Einer hält eine Schale vor das Maul des Tieres. Ein anderer macht sich wie ein Bläser an dieses Gerät heran. Die prunkvolle Ausführung unterstreicht die Bedeutung des Gabelstockes. Man ist geneigt, an eine kultische Handlung zu denken.

15. DER MENSCH
Jäger, Hirte, Bauer, Fremder

In der Frühphase nimmt der Mensch in der Abbildung eine untergeordnete Rolle ein (Abb. 170). Die großformatigen naturalistischen Wildtierbilder werden nur selten von unverhältnismäßig kleinen Jägern begleitet (Abb. 171). In der späten Wildtierperiode finden sich immer häufiger Jäger, die mit einem kleinen Bogen abgebildet sind (Abb. 122 und 172). Sie stehen nun in einem ausgewogenerem Größenverhältnis zum Tier. Generell gibt es auch verhältnismäßig große, aber primitivere Menschendarstellungen (Abb. 173). Auch Rundköpfe kommen vor, es gibt aber keinerlei Anhaltspunkte, daß man diese mit der „Rundkopfmalerei" im Tassili oder Akakus in Verbindung bringen könnte. Wir sind noch weit davon entfernt, diese Vielfalt zu entwirren.

Im bäuerlichen Neolithikum ändert sich dies schlagartig. Der Mensch gewinnt an Bedeutung. Es kommen sehr viele verschiedene Menschentypen in ganz verschiedenen Größen vor (Abb. 174, 175, 176, 179 und 180). Offensichtlich strömen in Feuchtzeiten wegen der besseren Durchgängigkeit der Wüste zugleich mit den Rindern auch sehr unterschiedliche Völkergruppen ein.

Nun werden auch das Alltagsleben (Abb. 177) und Familien mit Kindern abgebildet (Abb. 178). Viele Menschen tummeln sich auf den Felsbildern: Es wird getanzt, die Kinder spielen mit Hunden (Abb. 179), Bällen und miteinander. Wir sehen, wie die Leute pflügen (?) (Abb. 181), säen (Abb. 182) und melken. Kleidung und Kopfbedeckung (Abb. 183) werden oft prunkvoll hervorgehoben. Schmuck und Geräte geben Auskunft über alle Einzelheiten des neolithischen Lebens. Der Mensch wird sich seiner Überlegenheit der Natur gegenüber bewußt. Das menschliche Ich, das Selbstbewußtsein, steht nun im Vordergrund. Klassenunterschiede treten auf (Abb. 184 und 185) (LUTZ 1994a). Als Standessymbol erscheinen z.B. Sattel (Abb. 186), Löwenfell (Abb. 187), der Schädel des Auerochsen (Abb. 184 und 188) und viele andere Embleme. Kriegerische Auseinandersetzungen sowie der Kampf von Menschen untereinander sind selten und nicht eindeutig zu erkennen. Insgesamt gibt die Felskunst weitgehende Auskunft über die Lebensart der Zeit, aber wir vermögen nicht das Seelenleben dieser Menschen nachzuempfinden. Wir erkennen Menschen, die von einem Vogel geleitet nach oben geführt werden (Abb. 180). Andere fallen kopfüber nach unten. Ein Bezug zu Himmel und Hölle drängt sich auf. Mannigfaltige Tier-Menschengestalten werden im Kapitel 16 „Theriomorphe" beschrieben, jedoch ihre Deutung muß offen bleiben.

Besonders in weiter östlich liegenden Tälern sind auch fremde, offenbar von außen kommende Einflüsse bemerkbar. Kopfbedeckungen sind orientalischer, vielleicht auch garamantischer Art (Abb. 189 und 190). Leder(?)-helme (Abb. 191) und Gefangennahme könnten auf fremde Eindringlinge hinweisen. Der Mann mit Stock, Tiara und Kreuzband (Abb. 192) wird von einem Doppeldreieckmännchen der Pferdezeit begleitet. Die Patina ist hell, er paßt gut in das Bild eines Garamanten. Der sitzende Mann mit hoher Krone und Straußenfederfächer (Abb. 193) hat als einziger eine Körperhaltung, die an einen Ägypter erinnert. Zur Zeit können wir nicht entscheiden, ob es sich wirklich um solche handelt oder ob nun von einer im Messak herrschenden Oberschicht fremde Bräuche angenommen worden sind.

Im südlichen Messak Mellet kommen Menschenbilder vor, die wiederum andere, ganz besondere Züge aufweisen. Technisch sind sie von hervorragender Qualität, oft als Flachrelief ausgeführt. Es handelt sich meist um Bildnisse von Frauen mit besonders prunkvollen Gewändern (Abb. 194). Die wenigen Männer sind kleiner und oft mit Maske dargestellt (Abb. 176 und 195). Entgegen festgefügten Meinungen könnte man an ein Matriarchat denken. Die begleitenden Rinder weisen eine besonders prunkvolle Ausstattung und Ausführung auf, wie sie sonst nirgends anzutreffen ist. Diese Bilder scheinen eher spät zu sein. Auch hier müssen wir einstweilen annehmen, daß es sich um Einflüsse von außen handelt.

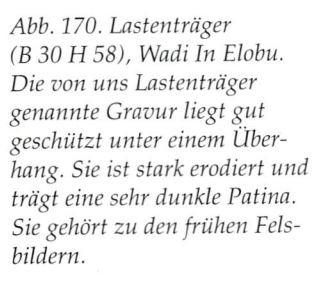

Abb. 170. Lastenträger (B 30 H 58), Wadi In Elobu.
Die von uns Lastenträger genannte Gravur liegt gut geschützt unter einem Überhang. Sie ist stark erodiert und trägt eine sehr dunkle Patina. Sie gehört zu den frühen Felsbildern.

Abb. 171. Jäger, Wadi In Elobu. 1R16
Ein im Verhältnis zu den abgebildeten Tieren sehr kleiner Jäger steht mit großem Bogen neben den Hinterbeinen eines Bubalus (siehe Abb. 60). Sicher eine der ganz wenigen frühen Menschendarstellungen.

172

Abb. 172. Jäger mit Auerochs (H 100), Wadi Gedid. 21RIII27
Jäger bedrängen einen mit Fangstein eingefangenen Urstier. Diese Jäger weisen eine gewisse Vereinfachung, aber sehr viel Bewegung auf. Sie sind Ausdruck der Stilentwicklung vom frühen zum späten Jägerstil.

Abb. 173. Großer Mann (B 85 H 115), Wadi Tilizaghen. 13RIII3
Dieses Bild eines außergewöhnlich großen, primitiv gezeichneten Menschen gehört zu den Ausnahmen. Es trägt die Patina des Naturfelsens und sehr starke Erosion. Demnach müßte es in eine ganz frühe Phase der Felskunst fallen.

Abb. 174. Frau in prunkvoller Kleidung (H 140), Wadi Alamasse 5RIV0
Die Felskunst gibt in erzählerischer Form genaue Auskunft über die neolithische Lebensart. Alles an dieser Frau, die in einer Dreiergruppe mit Kind steht, weist auf einen gehobenen Lebensstandard hin: Frisur, volle Kleidung mit reichen Ornamenten. Zahlreiche Überlagerungen auf dieser Bilderwand - auch Großtiere - weisen dieses Frauenbild in die oberste, jüngste Schicht, die wir als neolithisch betrachten.

Abb. 175. Frauengruppe (B 107 H 54), Wadi Tilizaghen. 9R16
Viele Frauenbilder, die wir zur Zeit als neolithisch betrachten, tragen einen aufwendigen Kopfputz. Hier sind zusätzlich das Kreuzband an der Brust und Mulden am Geschlecht zu erkennen. Rechts im Bild ein Rind und vielleicht eine Addaxantilope.

Abb. 176. Flachrelief einer Personengruppe (B 100 H 95), Wadi Tidoua. 12RV7
Die Frauen in langen Kleidern tragen eine aufwendige Haartracht, der Mann die Maske eines Hörnertieres, die die Gesichtszüge offen läßt. Auch hier ist der Mann kleiner als die Frauen dargestellt (siehe Abb. 195). Bildkompositionen dieser Art repräsentieren eine besondere Stilrichtung, die im südlich gelegenen Messak Mellet vorkommt. Sie gehören in eine auslaufende Periode der Felskunst.

Abb. 177. Mensch mit Pflanzen (H 25),
Wadi Tin Iblal. 17RIII12
Ein Mensch verrichtet seine Notdurft. Daneben stehen Bäume und Pflanzen.

Abb. 178. Frau mit Kind (H 40),
Wadi Tin Iblal. 10RIII26
In der Felskunst ist es nicht üblich, gut komponierte Bilder übereinanderzusetzen. Wir dürfen annehmen, daß in diesem Fall das Menschenbild ein älteres naturalistisches Nashorn überlagert. Die Art von Kopfbedeckung oder Haartracht und Kleidung findet sich häufig bei Frauenbildern, die wir allesamt dem Neolithikum zuschreiben. Das obenstehende Nashorn weist die in Kapitel 7 „Das Auge" beschriebene Änderung am Auge auf (siehe Abb. 102).

Abb. 179. Personengruppe mit Hund (B 109 H 45), Oberlauf von Wadi Aramas. 4RII20
Im rechten Bildteil gestikulieren aufgeregte Frauen. Links spielt ein Kind mit einem Hund. Keine ausgeprägten Sinnesorgane.

Abb. 180. Menschen und Vogel (B 90 H 87), Oberlauf von Wadi Aramas. 4RII25
Ein großer Vogel mit ausgebreiteten Schwingen begleitet symbolisch (?) Menschen mit erhobenen Armen nach oben. Andere, im Bild unten, fallen kopfüber nach unten. Kulthandlung, Himmel und Hölle?

Abb. 181. Bauer mit pflügendem Rind (B112 H 70), Wadi Gedid. 11RII10
Ein aufwendig eingespanntes Rind zieht offenbar einen von einem Menschen geleiteten Pflug. Ein einmaliges Bild, das, wenn unsere Interpretation stimmt, auf die Kenntnis von Ackerbau hinweist. Das nächstfolgende Bild erhärtet diese Annahme (siehe Abb. 182) (LUTZ 1992b).

Abb. 182. Eingespanntes Rind mit Menschen (H 70), Wadi Gedid. 11RII9
Drei Männchen eilen dem pflügenden Rind aus dem vorhergehenden Bild voran. Auch hier versagt unsere Vorstellung. Sie könnten säen, aber auch beschwören. Kult und Wirklichkeit stehen oft nahe beisammen. Diese, von Van Albada „Paletten" genannten Gegenstände, die wie Körbe aussehen, kommen häufig vor. Unten im Bild ein weitgehend erodiertes Hörnertier.

Abb. 183. Mann mit Kopfschmuck (B 30 H 75), Oberlauf von Wadi Aramas. 15R5
Der Mann in der prächtigen Aufmachung folgt einem domestizierten Rind. Dieses wird von vorne von einem Bogenschützen angegriffen oder verteidigt (?). Auf dem Rücken des Rindes steht ein weiterer Bogenschütze. Der Mann mit dem prächtigen Kopfschmuck scheint das Rind fortzuführen. Er ist gehobenen Standes. Viele Interpretationsmöglichkeiten für ein einziges Bild, das hoch in der Felswand liegt und kaum zu fotografieren ist.

Abb. 184. Fürstliches Paar (B 34 H 52), Wadi Tilizaghen A. 12RIII0
Mann, Frau und Kind neolithischer Prägung. Der Mann mit Rindermaske hält eine runde Scheibe in der erhobenen rechten Hand. Die linke greift zum Gürtel, von dem das Emblem des Auerochsen hängt - der Kopf samt Hörnern und Ohren (siehe Abb. 188). Die Frau in prächtiger Kleidung und Haartracht führt ein reich geschmücktes Rind am Zügel. Das Kind zwischen den beiden steht unter einem spitzen Dach. Ein Dokument von außergewöhnlich gehobenem Stand.

Abb. 185. Zwei Männer mit Krone (B 45 H 38), Wadi Alamasse. 5RIV35 Zwei „Könige" mit Krone reichen einander die Hand. Van Albada hat dieses Bild als erster entdeckt und treffend als „Pax Alamasse" bezeichnet.

*Abb. 186. Sattelemblem (B 40 H 62), Oberlauf von Wadi Aramas.15R30
Aus der Ähnlichkeit mit anderen Bildern kann man auf einen Sattel schließen. Sattelembleme kommen freistehend und auch auf Rindern angebracht vor. Auch sie sind wahrscheinlich Zeichen von besonderem Stand. Hier im Bild erkennt man eine Amphore, die dieses Emblem schmückt.*

Abb. 187. Sattelemblem, Löwe (B 70 H 85), Wadi In Hagalas. 31RIII1. Deutlich erkennt man hier das Fell eines Tieres mit Kopf und Beinen. Wahrscheinlich ein Löwe. Aus analogen Beispielen schließen wir, daß es sich um einen Sattel handelt, oder daß ein Fell als Trophäe aufgehängt ist.

*Abb. 188. Trophäe, Kopf des Auerochsen (B 24 H 25), Wadi Alamasse. 20RIV22
Das Kopfstück des Auerochsen als wichtiges Standessymbol der Zeit. Diese Trophäe kommt mehrmals vor.*

*Abb. 189. Zwei Fremde (B 31), Wadi In Hagalas. 29RIII13
Die zwei Männer scheinen orientalischen Typs zu sein. Sie tragen eigenartige Kopfbedeckungen, Bärte und Hakennasen. Solche Typen kommen fast nur in den weiter östlich gelegenen Wadis vor. Sind es fremde Eindringlinge, oder haben einheimische Stammesfürsten fremde Sitten angenommen?*

Abb. 190. Orientale
(B 80, Szene B 385),
Wadi In Hagalas. 30RIII36
Die großformatige Figur eines Mannes ruht auf einer Kopfstütze. Sein Aussehen weist auf eine östliche Herkunft hin. Das Bild ist aufwendig ausgeführt, es handelt sich sicher um eine wichtige Persönlichkeit. Ist es ein Schlafender oder ein Toter?

Abb. 191. Mensch in Ovoid
(B 98 H 96),
Wadi In Hagalas. 32RIII4
Auch der Mensch mit Helm oder Kappe weist fremde Züge auf. Er steht in einer Kartusche oder in einem Ovoid. Das Bild wirkt fremd im Messak. Nicht weit befinden sich schlecht erhaltene Bilder, auf denen Menschen mit ähnlichen Kopfbedeckungen Gefangene (?) nehmen.

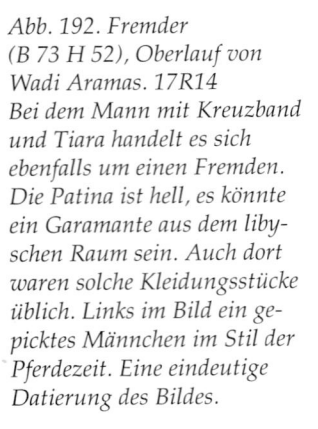

Abb. 192. Fremder (B 73 H 52), Oberlauf von Wadi Aramas. 17R14
Bei dem Mann mit Kreuzband und Tiara handelt es sich ebenfalls um einen Fremden. Die Patina ist hell, es könnte ein Garamante aus dem libyschen Raum sein. Auch dort waren solche Kleidungsstücke üblich. Links im Bild ein gepicktes Männchen im Stil der Pferdezeit. Eine eindeutige Datierung des Bildes.

Abb. 193. Ägypter (?) (B 24 H 47), Wadi In Elobu. 1R32
Die in starrer Haltung sitzende Figur mit dem Straußenfederfächer erinnert am ehesten an einen Ägypter. Ägyptologen können ihn jedoch nicht als solchen erkennen. Die hohe Krone mit dem Horn paßt nicht in ihr Bild. Jedenfalls ist auch dieser „Fürst" nicht alltäglich für den Messak Sattafet.

Abb. 194. Frau mit Hunden und geschmückten Rindern (B 100 H 118), Wadi Tidoua. 15RV8A Drei prachtvoll geschmückte Rinder werden an Seilen geführt, die um die Ecke zu zwei prächtig gekleideten Frauen mit einem kleineren Mann führen. Hinter ihnen eine ähnliche Frau und spielende Hunde (siehe Abb. 164).

Abb. 195. Rind, Frau, Mann und Kind (B 80 H 55). Wadi Tin Sharuma. 16RV11 Flachrelief eines prächtig ausgestatteten Rindes. Die ebenso prunkvoll gekleidete Frau ist groß im Verhältnis zu Mann und Kind (siehe Abb. 176). Diese Größenverhältnisse fallen besonders im südlichen Messak Mellet auf (Matriarchat?). Es scheint sich um eine sehr späte Phase der Felskunst bzw. um Einflüsse von außen zu handeln.

16. THERIOMORPHE GESTALTEN
Maskenträger, Mythos, Symbole

Als Menschen des 20. Jahrhunderts sind wir nicht imstande, das Geistesleben der vorgeschichtlichen Bewohner des Messak nachzuempfinden und es wäre vermessen, aus unserer heutigen Gedankenwelt das Gefühlsleben, die Religiösität und die mythologischen Vorstellungen dieser Menschen ergründen zu wollen. Weil die ursprüngliche Bedeutung der Felsbilder mit symbolischem Charakter meist fraglich ist, kann ihre Aufarbeitung zuerst nur typologisch und deskriptiv erfolgen. Wesen dieser Art kommen in vielen Phasen der Felskunst vor, aber sie erscheinen kaum in Begleitung wirklich archaischer Bilder. Wie die Ikonoklastie am Auge (siehe Kapitel 7 „Das Auge") scheinen sie im wesentlichen mit dem Auftauchen der Hirtenvölker zu tun zu haben.

Maskenmenschen bzw. Menschen mit Tierköpfen gibt es in der Felskunst in großer Zahl und in den verschiedensten Formen. Ihnen allen ist gemeinsam, daß sowohl die Maske als der Tierkopf das Wesen verändern, verbergen oder unkenntlich machen. Ein solches Wesen wird seiner natürlichen Umgebung entzogen. Die Verkleidung gibt Anonymität, Kraft und Dämonisches. In vielen Fällen ist das Mensch-Tierwesen zoologisch nicht eindeutig zu bestimmen! Wir unterscheiden bis jetzt vier Gruppen von Mensch-Tier-Mischwesen, wobei die Tierköpfe dieselben sind. Bei 1) überwiegen Mähnenschaf und Antilope. Bei 2) und 3) überwiegt der Hund - Hyänenhund.

1. Bei den **Maskenträgern** ist die Maske als solche erkennbar, oft mit den Augenschlitzen oder mit den freiliegenden Gesichtszügen. Nicht selten erinnert sie eher an eine Kopfbedeckung als an eine Maske. Maskenträger sind immer bekleidet. Tierköpfe bilden die Maske z.B. Rind, Mähnenschaf, Wildesel, Hyänenhund, Schakal, Katze, Hase, Nashorn, Elefant, Antilope u.a.m.

2. Die **tierköpfigen Menschen** sind mit und ohne Kleidung dargestellt und tragen auf einem menschlichen Hals den Kopf eines Tieres, man kann jedoch keine Maske erkennen.

3. **Theriomorphe Wesen**: Menschenähnliche Wesen tragen einen Tierkopf.

4. **Zoomorphe Wesen**: Ein Tierunterkörper trägt einen menschlichen Oberkörper.

Maskenträger, oft in gebückter, kriechender Stellung abgebildet (Abb. 196), machen sich an ein Wild heran. Andere Maskenträger kann man als Priester oder Zauberer ansehen (Abb. 197, 199 und 200), besonders wenn sie allein oder in Gruppen tanzen (Abb. 201). Oft halten sie Kultgegenstände in der Hand. Sie kämpfen um ein Rind (Abb. 202) oder auch gegeneinander (Abb. 198). Ebenso können sie ganz friedlich ein prächtiges Rind begleiten - oder entwenden (?) (Abb. 203). Es sind aber immer Menschen, und sie haben nichts Übernatürliches an sich. Im allgemeinen sind Maskenträger in naturgetreuer Art dargestellt, es gibt aber auch etliche stark stilisierte Bilder, ähnlich manchen Rinderbildern (Abb. 204 und 205). Maskenträger und tierköpfige Menschen haben vieles gemeinsam. Man kann nicht immer klar erkennen, ob es sich um eine Maske oder um einen Tierkopf handelt. Wenn, dann liegt der Unterschied eher in der Tätigkeit, die sie ausführen.

Die **tierköpfigen Menschen** tragen einen Tierkopf auf einem menschlichen Hals (Abb. 206). Die Körperproportionen stimmen, aber die Körperkräfte und ihre Bedeutung sind meist übertrieben hervorgehoben. Sie tragen Kleidung und oft prächtige Armringe (Abb. 101 und 207). In der Hand halten sie alle möglichen Gegenstände, besonders Waffen: Messer, Spitzen oder Keulen (Abb. 208). Sie kämpfen miteinander (Abb. 209) und gegen große Tiere. Manchmal fassen, würgen oder tragen sie unverhältnismäßig große Beutetiere, besonders Nashörner. Damit nähern sie sich der Gruppe, die wir zur Zeit theriomorphe Wesen nennen.

Auch bei den **Theriomorphen** sitzt ein Tierkopf auf einem menschlichen Hals oder auch direkt am menschenähnlichen Körper. Oft sind die menschlichen Körperproportionen unnatürlich reduziert, nur dadurch unterscheiden sie sich von der vorhergehenden Gruppe (Abb. 210). Die Körperkräfte dagegen wirken übernatürlich. Sie symbolisieren vor allem Kraft und Macht (Abb. 213 und 214). Auch diese Wesen tragen oft Schmuck und Gegenstände in der Hand, die Kleidung kann betont sein. Bei unverhältnismäßig kleinem Körperbau bedrohen sie ihre Beutetiere meist mit bloßen Händen. Sie reiten auf einem Großtier und tragen den Kopf eines Nashorns unterm Arm (Abb. 219). Es sind überirdische Wesen. Am auffälligsten und am häufigsten ist ein solches

Wesen mit Stummelgliedern dargestellt, das den Kopf des Hyänenhundes (Lycaon) trägt. Wir kennen es auch mit grimmigen Zähnen (Abb. 215). Mehrmals trägt es den Auerochsen lässig als Beute auf der Schulter (Abb. 216), oder es faßt ihn mit der bloßen Faust am Horn, um ihn zu Boden zu drücken (Abb. 217 und 218). Dem kraftlosen Ur hängt die Zunge aus dem Maul. Diese „Robusta", wie Van Albada sie genannt hat, bedroht auch Elefanten. Am ehesten können wir dieses Wesen als einen die Tiere beherrschenden Jagdgott ansehen. Sie gehören in eine Welt von Schamanen, Geistern, Dämonen oder Göttern, die in besonders naher Beziehung zur Jagd stehen. Besonders die „Robusta" trägt sehr starke Patina und Erosion (LUTZ 1994a). Eine beweiskräftige zeitliche Einordnung dieser Wesen ist uns bisher noch nicht mit Sicherheit gelungen. Auf Grund der Kriterien zur relativen Chronologie scheinen sie an der Schwelle zum Neolithikum zu stehen.

Tierköpfige Wesen kommen in gewissen Gebieten in auffallend großer Zahl vor, in anderen fehlen sie weitgehend. Die auffallendsten Konzentrationen kann man im Gebiet Wadi Alamasse/In Hagalas und im äußersten Süden, im Messak Mellet, beobachten. Diese Vorkommen sind aber vom allgemeinen Eindruck her unterschiedlicher Herkunft. Überwiegt im nördlichen Zentrum ein eher archaischer, mythisch-geisterhafter Charakter, so sind diese Wesen im Süden eher menschlicher Natur. Die Körperproportionen stimmen und ihre Attribute, wie Kleidung, Werkzeuge und Symbole, sind mitunter eher weltlicher Art. Oft kann man sich des Eindruckes nicht erwehren, daß Fürsten oder Priester sich den überlieferten, alten Mythos zu eigen gemacht haben, um ihre eigene Macht hervorzuheben (Abb. 211 und 212).

Ein einziges Mal fanden wir die Darstellung eines Rinderkörpers mit einem menschlichen Oberkörper, einen sogenannten Zoomorphen. Unseren mythologischen Traditionen entsprechend handelt es sich um einen „Kentaur" (Abb. 220). Auch der Affe mit der Keule gehört am ehesten in diese Gruppe (Abb. 221).

Abb. 196. Kriechender Maskenträger (B 46 H 36), Wadi Tin Iblal. 9RIII28
Ein Mensch in Hose mit Gürtel schleicht sich an. Die Maske mit Halsansatz und Augenöffnung ist als solche erkennbar, aber nicht das Tier, das sie darstellen soll. Gleichartige Darstellungen machen sich meist an ein Wildtier heran. Es scheint sich um Jäger zu handeln.

Abb. 197. Elefantenmaske (B 60 H 54), Wadi Adroh 28RV6
Das Bild ist als Flachrelief ausgeführt, ein eher seltener Fall im nordöstlichen Messak Sattafet. Der hockende Mann stützt mit der linken Hand die schwere Elefantenmaske. Die Gesichtszüge liegen frei.

197

Abb. 198. Bogenschütze mit Vogelmaske (B 22 H 22), Wadi Imrawen. 5RV31 Der Bogenschütze, der als Kopfputz oder Maske einen Vogel trägt, kämpft um eine Felsecke herum mit einem Antilopenmenschen (siehe Abb. 220).

*Abb. 199. Zwei Eselsmasken
(B 55 H 48),
Wadi Imrawen. 5RV29
Unter den Eselsmasken verbergen sich bekleidete Menschen mit freiliegenden Gesichtszügen. Der vordere trägt eine Keule und einen Bogen.*

Abb. 200. Maskenträger mit Rind (B 140 H 132), Wadi In Hagalas. 37RIV0 Der laufende, mit einer kurzen Hose bekleidete Mensch erfaßt einen Stier am Penis. Das Gesicht liegt frei, und die Maske ist eher ein Kopfputz. Sie setzt sich aus einem Hasen und einem Schwein (?) zusammen. Sicher liegt in dem Bild eine tiefergehende kultische Bedeutung. In der unmittelbaren Umgebung stehen mehrere Hausrinder.

Abb. 201. Maskentänzer (H 60), Wadi In Elobu. 1R25
Der hier abgebildete Maskentänzer ist einer von dreien mit verschiedenen Tiermasken. Hier erkennt man eine Antilopenmaske mit zwei Öffnungen für die Augen. Die Maske selbst schließt am Hals. Ein lang hinabwallender Schal sowie die Arm- und Beinstellungen verraten, daß die drei Männer tanzen. Das Bild wird von drei gepickten Giraffen mit heller Patina überlagert.

Abb. 202. „Garamantischer Apoll" (B 100 H 75), Wadi Tilizaghen. 9RII23
Das Bild wurde bereits 1850 von Heinrich von Barth entdeckt, und es wurde als eines der ersten in Europa bekannt. Er bezeichnete die Szene, auf der zwei Maskenmenschen um ein Rind kämpfen (?) als Kampf des „Garamantischen Apoll". Bei genauem Studium kann man sich überzeugen, daß das Rind erst nachträglich hinzugefügt wurde.

Abb. 203. Hirte mit Hundemaske (H 25),
Wadi Takabar. 29RIV21
Hier treibt ein Mensch mit Hundemaske ganz friedlich eine Herde von Haustieren. Es ist keine fremde Störung zu beobachten. Das Bild ist im besten Stil der Rinderzeit angefertigt. Das Gesicht liegt offen, und die Maske wirkt eher wie eine Kopfbedeckung.

Abb. 204. Stilisierte Maskenträger (B 75 H 60),
Wadi Takabar. 21RIV13
Im allgemeinen sind Maskenträger sehr naturgetreu dargestellt. Diese Gruppe im eckig abgesetzten, tief gravierten Stil der Rinderzeit ist dagegen völlig stilisiert, so daß man die Einzelheiten nur schwer erkennen kann.

Abb. 205. Teufelsmaske (B 38 H 60),
Wadi Takabar 22RIV6
Der tanzende Maskenträger mit Gürtel hält in beiden Händen eine sogenannte „Palette", einen Gegenstand, den wir bisher nicht identifizieren konnten. Vielleicht handelt es sich um Keulen oder um Fakkeln. Die mehrhörnige Maske könnte ebenso eine (Feuer-) Krone sein.

205 206

*Abb. 206. Menschliches Wesen mit Schakalkopf (H 170), Wadi Tin Iblal. 4R36
Die horizontal liegende Figur ist bekleidet, sie ist in Bewegung und trägt den Kopf eines Caniden auf einem menschlichen Hals.*

*Abb. 207. Menschliches Wesen mit Hundekopf (B 82 H 100), Wadi Alamasse. 6RIV29
Ein prunkvoll Bekleideter trägt den Kopf des Hyänenhundes (Lycaon) auf einem menschlichen Hals. Er besitzt drei Armbänder und eine Keule. Zwischen seinen Beinen sieht der Kopf eines kleinen Lycaon hervor. Rechts darunter steht ein gleichartiges Wesen mit einer Steinaxt. Der Fels ist sehr silikatreich, daher wird eine hellere Patina vorgetäuscht. Das Bild ist Teil einer viele Meter messenden Komposition von Elefanten. Es ist kaum zu fotografieren, da es hinter einem riesigen, dichten Dornbusch steht.*

*Abb. 208. Menschliches Wesen mit Lycaonkopf (B 30 H 42), Wadi Alamasse. 3RIV16
Ein Theriomorpher mit dem Kopf des Hyänenhundes (Lycaon) schwingt eine Keule. Der Kopf sitzt auf einem eher zarten, menschlichen Hals.*

Abb. 209. Tierköpfige Wesen im Kampf (B 100 H 32), Wadi Alamasse. 3RIV9 Kämpfende Lycaongruppe (Hyänenhunde) mit verschiedenen Waffen. Die Köpfe sitzen direkt am menschlichen Rumpf.

Abb. 210. Menschliches Wesen mit Lycaonkopf (B 82 H 55), Wadi Tidoua. 12RV16
Die Proportionen des bekleideten Körpers sind stark reduziert. Der Oberkörper zeigt ein furchterregendes Monstrum. Die linke Hand schwingt eine Steinaxt, die rechte trägt lange Krallen. Ein für den südlichen Messak Mellet typisches Bild, dort kommen solche Fabelwesen besonders zahlreich vor.

Abb. 211. Lycaonmensch (B 50 H 72), Wadi Tidoua. 11RV22 Flachrelief eines Lycaonmenschen mit übergroßem Kopf. Ansonsten zeigt das Wesen durchaus menschliche Züge. Es trägt ein Emblem, wahrscheinlich einen Löwenkopf. Ausschließlich im südlichen Messak Mellet machen solche Wesen den Eindruck, als hätten sich weltliche Herrscher die Macht des Lycaon der mythischen "Robusta" zu eigen gemacht.

*Abb. 212. Lycaonmensch
(B 95 H 136),
Wadi Tidoua. 11RV32
Das besonders sorgfältig gearbeitete Flachrelief zeigt einen Menschen gehobenen Standes. Er hält Löwenköpfe als Embleme der Macht. Auch dieses Bild aus dem südlich gelegenen Messak Mellet erweckt den Eindruck eines weltlichen Herrschers, der sich mit der Macht der mythischen "Robusta" umgibt.*

Abb. 213. Zwei Theriomorphe und Elefant (B 150 H 75), Wadi Alamasse. 18RIV19
Zwei hundeköpfige Wesen machen sich an ein ungewöhnlich großes und starkes Beutetier heran. Ihre Körperkräfte sind stark übertrieben dargestellt.

Abb. 214. Menschliches Wesen mit Hundekopf und Elefant (B 30), Wadi Alamasse. 18RIV20
Detail aus Abb. 213. Das unnatürliche Größenverhältnis spiegelt die Kraft und Macht wider, die den Theriomorphen zu eigen ist. Solche Szenen, bei denen sich verschiedenartige Wesen am Hinterteil (After bzw. Geschlecht) von Tieren zu schaffen machen, kommen häufig vor (siehe Abb. 104).

Abb. 215. Menschliches Wesen mit Hyänenhundkopf (B 40 H 32), Wadi Alamasse. 25RIII35 Von diesem Theriomorphen ist nur der Oberkörper mit den Armen abgebildet. Der Hyänenhundkopf (Lycaon) zeigt sein grimmiges Gebiß.

Abb. 216. Zwei Hundemenschen und Auerochs (B 128 H 75), Wadi In Hagalas. 25RIII4 Das theriomorphe Wesen „Robusta" trägt den Auerochsen als Beute über der Schulter. Ein zweites Exemplar steht daneben. Sinnbild von übernatürlicher Macht und Kraft dieses „Jagdgottes".

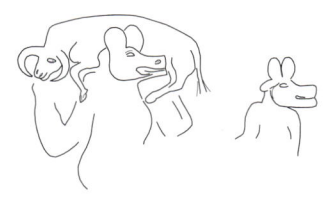

Abb. 217. „Robusta" und Auerochs (B 240 H 176), Wadi Gedid. 19RIII21 Lycaonmensch (Hyänenhund) mit Stummelgliedern faßt den Ur am Horn. Dem bereits kraftlosen Tier hängt die Zunge zum Maul heraus. Das Bild wird von vier Giraffen und einem Laufvogel überlagert. Bester Ausdruck von Übernatürlichkeit der dämonischen „Robusta".

Abb. 218. Theriomorpher faßt den Auerochsen am Horn (B 54 H 52), Wadi Alamasse. 14RIV7 Ein Theriomorpher mit dem Kopf des Hyänenhundes oder des Flußpferdes packt den Auerochsen am Horn.

*Abb. 219. Lycaonmensch reitet auf einem Elefanten (B 195 H 107), Wadi Tidoua. 10RV1A
Ein Lycaonmensch reitet auf einem Elefanten. Als Sattel dient die Haut eines Nashorns - der Kopf steht verkehrt. Die zwei senkrechten Keile über dem Kopf des Elefanten gehören zu einer älteren Komposition.*

*Abb. 220. Kentaur
(B 60 H 30),
Wadi Tilizaghen A. 12RIII6
Auf dem Rumpf eines Rindes sitzt ein menschlicher Oberkörper. Es handelt sich um einen Kentaur. Der Kentaur kämpft um die Ecke des Felsens herum mit einem menschlichen Bogenschützen (LUTZ 1994) (siehe Abb. 198). Der Pfeil verläuft ohne Unterbrechung von einem Kämpfer um die Ecke herum zum anderen.*

*Abb. 221. Affe mit Keule
(B 67 H 56),
Wadi In Hagalas. 32RIV31
Ein Affe mit großem Penis schwingt eine Keule, das heißt, ein Tier führt eine eindeutig menschliche Tätigkeit aus.*

17. TIERMISCHWESEN
Unnatürliche Tierbilder

Neben den angeführten Bildern mit ihrer Vielfalt von Inhalt und Stil gibt es auch einzelne Abbildungen, die höchst absurd wirken. Sie haben nichts mit den Tiermenschen oder Theriomorphen zu tun, sie sind einfach vom Inhalt her außergewöhnlich und unnatürlich.

Hierzu gehört eine Abbildung, die unserer eigenen europäischen Mythologie bereits sehr nahe kommt. In einer großen Komposition von Rindern, einer Ziege und einem Elefanten kommt ein Einhorn vor (Abb. 223). Das übermäßig lange, aufrecht stehende Horn sitzt auf dem Körper eines Hausrindes, das mit Halsband und einem Sattelemblem ausgestattet ist. Dieses Emblem ist eindeutig als solches zu erkennen und stellt laufende menschliche Beine dar. Das bereits beschriebene Bild eines Kentaurn (Abb. 220) kommt gleichermaßen unserer Mythologie nahe (siehe Kapitel 16 „Theriomorphe").

Die Giraffe in der Art von Don Quichottes' Pferd „Rosinante" kommt öfters vor (Abb. 222). Es handelt sich wohl um eine künstlerische Spielerei. Der Straußenkörper mit dem Kopf einer Gazelle (Abb. 224) und die unproportionierten Giraffen mit den langen Ohren eines Hasen kann man vielleicht ebenso als Spielerei des Künstlers betrachten. Auf einem anderen Bild erkennt man das Tier überhaupt nicht (Abb. 225). Ein mystischer Sinn erscheint hier eher unwahrscheinlich. Es gibt auch etliche Bilder, die offensichtlich für uns geheimnisvolle Zeichenkombinationen oder Ornamente wiedergeben (Abb. 226).

Abb. 222. Unproportionierte Giraffe (B 150 H 136), Wadi Aramas. 23R6A
Solche unproportionierten Giraffen kommen in der Felskunst öfters vor. Die Hand, die dieses Bildnis schuf, war sicher fähig, ein gut proportioniertes, naturgetreues Bild zu zeichnen. Es ist nicht zu ergründen, was zu solchen künstlerischen Eskapaden veranlaßte.

Abb. 223. Einhorn
(B 250 H 138),
Wadi In Hagalas. 35RIV34
Auf einer hoch oben nahezu unzugänglich liegenden großen Bildwand überlagert ein großer Elefant ein Hausrind. Daneben stehen ein zurückblickendes Rind, ein Warzenschwein und das Einhorn. Die Überlagerungsverhältnisse zwischen dem Elefanten und dem Einhorn sind nicht eindeutig. Das Einhorn trägt ein großes, senkrecht stehendes Horn auf einem Rinderkörper. Das Rind selbst ist mit einem Halsband und einem Sattelemblem, das laufende Beine darstellt, ausgestattet.

224 225

Abb. 224. Straußengazelle (B 67), Wadi Gedid. 7RII24 Auf dem einbeinigen Körper eines Straußes sitzt der Kopf einer Gazelle.

Abb. 225. Fabelwesen (B 65 H 126), Wadi Alamasse. 8RIV6A Hier handelt es sich wirklich um ein undefinierbares Fabelwesen. Man erkennt Züge einer Giraffe und den Unterkörper eines Vogels. Vielleicht ist auch eine Falle am Bein angedeutet.

*Abb. 226. Unerkennbare Zeichen,
Wadi Alamasse. 16RIV32
Links oben erkennt man ein Rind mit Hornschmuck, die restliche Darstellung bleibt rätselhaft. Solche Bilder kommen in den verschiedensten Gebieten vor.*

18. FRUCHTBARKEITSKULT UND GESCHLECHTLICHKEIT
Bilder mit sexuellem Inhalt

Wir dürfen die frühen Bilder als Ausdruck eines Jagdkultes betrachten. Das Wild war vorrangig, der Mensch ist nur selten und klein im Verhältnis zum Tier abgebildet. Im Laufe der neolithischen Revolution wandelt sich der Mensch vom Jäger zum Bauern. Er wächst in neue Aufgaben hinein. Nun wird er als Einzelbild und auch in großen Szenen dargestellt. Vereinzelt gibt es frühe Bilder von Sodomie mit Großwild (Abb. 65). Man kann aber nicht mit Sicherheit erkennen, ob auf diesen Bildern der Mensch nicht erst in einer späten Phase dem bereits bestehenden Tierbild hinzugefügt worden ist. Die Abbildungen von Sexualität bzw. Fruchtbarkeitskult gehören fast zur Gänze in eine späte, neolithische Phase der Felskunst. Vielleicht hat erst eine beginnende Notsituation, ausgelöst durch Klimaänderung oder Bevölkerungsdruck, dieses Thema aktuell gemacht. Die Bilder besitzen insgesamt eine helle Patina, und sie gehören keinesfalls zum Qualitätsvollen in der Felskunst. Sie tauchen schlagartig und ziemlich gleichzeitig auf. Mit einer gewissen Monotonie werden immer wieder dieselben Szenen dargestellt.

Was die Abbildung von Männern betrifft, stellt man zwei Themen fest: Einen einzelstehenden Mann und ein frontal dargestelltes tierköpfiges Wesen mit gespreizten Armen und Beinen, beide mit einem übergroßen Phallus (Abb. 227). Das tierköpfige oder theriomorphe Wesen trägt einen Kopf mit spitzen Ohren, wohl von einem Fleischfresser wie Haushund, Schakal oder Wildkatze auf einem menschlichen Körper. Wenn man sich die überdurchschnittliche Zahl an Nachwuchs dieser Fleischfresser im Vergleich zu der der Nutztiere Rind, Schaf oder Ziege vor Augen hält, scheint es durchaus plausibel, diese Bilder als Fruchtbarkeitssymbole zu verstehen. Eindrucksvoll ist das Bild von prächtig gekleideten ithyphallischen Katzenmenschen (Abb. 228). Es ist das einzige Bild solchen Inhalts, das die hohe künstlerische Qualität der Felskunst aufweist.

Bei den Frauendarstellungen werden die Personen sitzend und mit weit gespreizten Beinen und deutlicher Vagina dargestellt (Abb. 229). Die Vagina ist fast immer durch einen natürlich vorhandenen Felsspalt vorgegeben, das heißt, der Felsspalt hat zur Schaffung des Bildes angeregt. Häufig liegt unter einer solchen Frau ein kopulierender Mann mit übergroßem Glied. Mitunter trägt er eine Tiermaske (Abb. 230). Er kann unbedeutend klein, aber auch überdimensional groß ausgeführt sein. Besonders bei diesen Kopulationsbildern ist neben der Vagina auch die Afteröffnung, vielleicht ein Hinweis auf Empfängnisverhütung (?), in gleicher Weise betont abgebildet (Abb. 230 und 231). Im Oberlauf von Wadi In Hagalas liegt eine große Felsinsel, die mit vielen Dutzenden hockender Frauenbilder übersät ist (Abb. 235). Daneben gibt es reihenweise runde Löcher von etwa 8-10 cm Durchmesser. Aus heutiger Sicht mutet der Ort wie eine Pilgerstätte an, an der man Fruchtbarkeit bzw. Kindersegen erbeten hat. Bemerkenswert bei den Frauenbildern ist die Betonung der Genitalien, nicht der Brüste. Darstellungen von Gebärenden oder von Frauen mit großen Brüsten in der Art einer altsteinzeitlichen „Venus" sind eher selten (Abb. 232 und 233).

Wie bei den Einzelbildern der Wesen mit den großen Phalloi sind wir geneigt, in den Bildern von hockenden Frauen und auch bei denen mit den zwei Körperöffnungen ein Symbol der Fruchtbarkeit zu sehen. Von reinem Sex, was von anderer Seite in Betracht gezogen wird, kann unserer Meinung nach nicht die Rede sein. In Hinblick darauf, daß diese Bilder in eine Phase von beginnender Austrocknung fallen, könnte man an Empfängnisverhütung denken. Es bleibt die Frage offen, was in einer solchen Notsituation wichtiger ist, Kinderreichtum oder Geburtenreduktion.

Weitere Szenen belegen Geschlechtsverkehr in unterschiedlichen Positionen, an dem besonders auch Tiermenschen beteiligt sind. Wahrscheinlich gab es auch damals schon bestimmte Bindungen zwischen Partnern (Abb. 234). Wie sollte man die Abbildung eines sich liebenden Pärchens und einem zueilenden (Ehe)Mann mit einer Waffe in der erhobenen Hand sonst erklären?

Abb. 227. Ithyphallischer, hundeköpfiger Mensch (B 91 H 115), Wadi Gedid. 20RIII23
Die Darstellung gehört in eine ganze Serie ähnlicher ithyphallischer, katzenköpfiger oder hundeköpfiger Wesen. Alle mit heller Patina. Sicher haben sie mit der Vermehrungsfreudigkeit der genannten Tiere zu tun. Sie dürften daher Ausdruck eines Fruchtbarkeitskultes sein.

Abb. 228. Drei ithyphallische Katzen (B 125 H 120), Wadi Tilizaghen. 9RII33 Diese Gravur ist die einzige qualitätsvolle Abbildung in diesem Sinn, die uns bekannt ist. Sie ist jedenfalls in prunkvoller naturgetreuer Art ausgeführt und paßt gut in die Hochkultur der Rinderzeit.

Abb. 229. „Divinitá" - Fruchtbarkeitsgöttin (B 105 H 140), Wadi Gamaut. 13R29
Die bereits von Castiglioni/ Negro (CASTIGLIONI / NEGRO 1986) ausführlich beschriebene „Divinitá", was so viel wie Göttin heißt, kann durchaus als solche, im Sinne eines Fruchtbarkeitskultes akzeptiert werden. Sie ist sehr aufwendig und kunstvoll gearbeitet und viel bedeutender als die üblichen Fruchtbarkeitsbilder. Sie wird von vielen pflanzlichen und tierischen Motiven begleitet, die alle die Merkmale des späten Jägerstils, vielleicht auch den Stil von Tazina, aufweisen (siehe Abb. 79).

Abb. 230. Kopulation (B 230 H 147), Wadi In Hagalas. 23RIII10
Im Oberlauf von Wadi In Hagalas liegt eine große Felseninsel, die über und über mit Bildern sexuellen Inhalts bedeckt ist. Auf dem großformatigen, schwer zugänglichen Bild kopuliert ein Mann mit Hörnermaske mit einer Frau mit zwei Körperöffnungen. Daneben steht ein Hausrind. Es ist eines der vielen gleichartigen Bilder hier auf der Felsinsel und im gesamten Messak. Alle sind primitiv gefertigt und weisen helle Patina auf.

Abb. 231. Vier Fruchtbarkeitsszenen (B 90 H 100), Wadi Alamasse. 17RIV32 Auf einer waagrechten Felsplatte auf der Hochebene befindet sich das kunstvoll gestaltete Bild einer Begattung. Um sie herum drei weitere, stark stilisierte, kleine Begattungsszenen. Die kunstvolle Qualität dieser Komposition stellt eine Ausnahme dar. Auch hier sind zwei Körperöffnungen an dem frauenähnlichen Wesen ausgeführt.

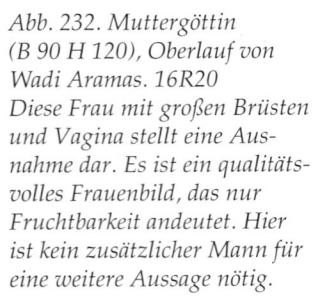

Abb. 232. Muttergöttin (B 90 H 120), Oberlauf von Wadi Aramas. 16R20
Diese Frau mit großen Brüsten und Vagina stellt eine Ausnahme dar. Es ist ein qualitätsvolles Frauenbild, das nur Fruchtbarkeit andeutet. Hier ist kein zusätzlicher Mann für eine weitere Aussage nötig.

Abb. 233. Frauenbild (B 90 H 160), Wadi Gedid. 21RIII33
Das eher abstoßende und weitgehend beschädigte Bild zeigt eine Frau mit zwei Körperöffnungen. Wir können nicht genau unterscheiden, ob es sich um eine Kopulation oder um eine Gebärende handelt. Jedenfalls hat es mit dem Fruchtbarkeitskult zu tun.

Abb. 234. Gestörter Verkehr (B 51 H 60), Wadi In Hagalas. 31RIII11 Partnerschaftsbindung zwischen Mann und Frau muß zumindest den Neolithikern bekannt gewesen sein. Dies wird durch dieses Bild belegt, bei dem offenstichtlich ein anderer Mann in die Aktion einschreitet. Vielleicht nur eine Rauferei (?).

Abb. 235. Frauen und Kopulationsbilder (B 450), Wadi In Hagalas. 23RIII12 Auf einer Felseninsel im Oberlauf des Wadi In Hagalas ist fast überall dort, wo ein natürlicher, kleiner Felsspalt vorliegt, ein primitiv gefertigtes Bild von einer Frau mit weit geöffneten Schenkeln angebracht. Der natürliche Felsspalt stellt die Vagina dar. Die Bildwand ist sicher ein Symbol von Fruchtbarkeit. Vielleicht eine Pilgerstätte, an der Fruchtbarkeit erbeten wurde, unserer Meinung nach weniger im Sinn von bloßer Sexualität.

19. GLOSSAR

Abri	Felsüberhang
Absolute Datierung	Datierung aus C14 Bestimmung
Adorant	Betender
Altacheuléen	Altsteinzeitliche Kulturstufe (Faustkeile) 500.000 v.Chr.
Altbüffel	Ausgestorbener Urbüffel - Bubalus antiquus
Amphore	Gefäßform mit zwei Henkeln
Anatomisch	Körperlich
Atérien	Altsteinzeitliche Kulturstufe mit gestielten Steinklingen 40.000 - 20.000 v.Chr.
Äquatoriale Luft	Feuchte Luft aus Zentralafrika
Apathie	Abgeschlagenheit, Gleichgültigkeit
Apoll	Griechischer Gott des Lichtes
Archaisch	Kunstwerk aus frühester Zeit
Attribut	Beifügung, Kennzeichen
Auerochs	Ur, Wildrind
Auskolkung	Eintiefung im Flußbett
Authentisch	Original
Autochton	Am Ort ihrer Entstehung verblieben
Äolisch	Durch Wind verursacht
Ästhetisch	Schön, ansprechend
Balz, balzen	Hochzeitstanz von Tieren
Berber	Volksstamm in Nordafrika
Bilderhöhle	Höhle mit Bildschmuck
Bilderzyklus	Bilderserie
Bos primigenius	siehe Auerochs
Bovide	Rind
BP	Bevore Present = Vor heute (Datierung)
Bubaluszeit	Frühe künstlerische Epoche der Felskunst
Bubalus antiquus	Ausgestorbener Urbüffel
Canide	Hundeartiges Tier
Davidstern	Sechsstern, Symbol des Judentums
Dämon	Übermenschliches Wesen, böser Geist
Deformieren	Verformen
Deskriptiv	Beschreibend
Divinità	Gottheit
Domestikation, domestizieren	Planmäßige Züchtung von Haustieren aus Wildtieren
Don Quichotte	Romanheld von Cervantes
Drudenfuß	Fünfstern, Schutz vor Geistern
Emblem	Sinnbild, Kennzeichen
Epipaläolithikum	Steinzeitliche Kulturepoche 10.000 - 5.000 v.Chr. Mesolithikum in Europa
Erdölhöffig	Vermutete Erdöllagerstätte
Erosion	Witterungsbedingte Zersetzung
Eskapaden	Seitensprung, unüberlegter Streich
Fangstein	Steinzeitliches Fanggerät
Felsgravur	In den Fels geschliffenes Bild
Felskunst	Anfertigung von Felsbildern
Fennek	Wüstenfuchs
fesch-fesch	Tiefer, lockerer Flußsand
Feuerstein	Hartgestein aus Kieselsäure (SiO2)
Flint	siehe Feuerstein
Frontzeichnung	Ansicht von vorne
Frühdynastisch	Frühe ägyptische Zeit
Gabelstock	Gabelartiger Pfahl
Garamanten	Volk in Libyen ca. 1.000 v.Chr.
Geburtenreduktion	Geburtenkontrolle
Gecko	Kriechtier, Haftzeher, Echsenähnlich
Gerenuk	Giraffengazelle
Geschlechtsdimorphismus	Unterschiedliches Aussehen und Größe männlicher und weiblicher Tiere der gleichen Art
Grabtumulus	Steinhaufen als Grabmal
Guelta	Wasserstelle, Pfütze, kleiner See
Hamada	Mit groben Steinen bedeckte Wüstenfläche
Handspitze	Form eines Steinwerkzeuges
Holozän	Jetztzeit seit Ende der letzten Eiszeit
Homogen	Gleichförmig, einheitlich
Ideogramm	Zeichenkombination, Bilderschrift
Ikonoklastie	Bildersturm, Schändung von Bildern
Insigne	Abzeichen von Würdenträgern
Introduktion	Einführung
Jungacheuléen	Altsteinzeitliche Kulturstufe
Kameldorn	Dornbusch der Sahara
Kamelzeit	Epoche in der Felskunst
Kentaur	Pferdekörper mit menschlichem Oberkörper
Klimaoptimum	Günstigstes Klima
Knielauf	Laufstellung mit stark eingeknickten Knieen Dartellungsschema
Kodex	
Koexistenz	Gleichzeitigkeit
Kopulieren	Geschlechtsverkehr
Kopulation	Geschlechtsverkehr
Levalloisien	Besondere Herstellungstechnik für Steinklingen um 100.000 v.Chr.
Lycaon	Hyänenhund
main camp	Hauptlager
Makrophoto	Fotografische Nahaufnahme
Mangan	Metall (Mn)
Matriarchat	Mutterherrschaft
Mesolithikum	Steinzeitliche Kulturstufe 10.000 - 5.000 v.Chr. = Epipaläolithikum in Afrika
Miniatur	Kleines Bild
multidisziplinär	Mehrere wissenschaftliche Richtungen
Mobilität	Beweglichkeit
Moustérien	Altsteinzeitliche Kulturstufe um 50.000 v.Chr.
Mufflon	Mähnenschaf
Mythologie	Sagenkunde
Mythos	Überlieferte Sagenwelt
Neolithikum	Jungsteinzeit ab 5.000 v.Chr.
Neolithische Revolution	Übergang von Jagen und Sammeln auf Ackerbau und Viehzucht
Nüstern	Nasenöffnung beim Tier
Ovoid	Länglich, ovales Felsbild
Palaearktis	Klimatisch gemäßigte nördliche Zone

Paläoanatomie	Bestimmung fossiler und subfossiler (Tier-)Knochen	Seismik	Untersuchung des Untergrundes mit reflektierten Erschütterungswellen
Paläolithikum	Altsteinzeit bis 10.000 v.Chr.	Serir	Kieswüste
Par excellence	Bestens	Silex	Feuerstein, Flint, Kieselsäure (SiO2)
Pastorale antico	Frühe Hirtenzeit vor 5.000 v.Chr.	Silikat	Feuerstein, Flint, Kieselsäure (SiO2)
Pastoralist	Hirte, Viehzüchter	Sodomie	Geschlechtsverkehr des Menschen mit Tieren
Pferdezeit	Epoche in der Felskunst		
Pleistozän	Eiszeitlicher Abschnitt der Erdgeschichte	stereotyp	Gleichförmig
		Targi	Singular von Tuareg
Postneolithisch	Nach dem Neolithikum	Theriomorph	Tiergestaltig
Prallwand	Felswand an der Außenbiegung des Flußbettes	Tifinagh	Schrift der Tuareg
		Trailer	Fahrzeug, Anhänger
Präneolithisch	Vor dem Neolithikum	Tumulus	Steinanhäufung als Grabmal
Quartär	Jüngste geologische Vergangenheit (bis heute) ca. 1,5 Millionen Jahre	Tuareg	Volksstamm in der südl. Sahara
		Typologie	Einteilung nach Typen
Relikt	Übriggeblieben	Unkalibriert	Unkorrigierte C14 Datierung
Reptil	Kriechtier	Uterus	Gebärmutter
Rinderzeit	Epoche in der Felskunst	Vagina	Weibliches Geschlechtsteil
Robusta	Fabelwesen in der Felskunst, Hyänenhund	Ventral	Unterseite bei Steinwerkzeugen
		Vibrator	Gerät zur Erzeugung von Erschütterungswellen
Rosinante	Don Quichottes „elender Hengst"		
Rundkopfzeit	Epoche in der Felskunst	Wadi	Trockener Flußlauf in der Sahara
Sáchra	Wortklang für Sahara	Waran	Wüstenechse
Sahel-Zone	Gemäßigte Zone südlich der Sahara	Wildtierzeit	Epoche in der Felskunst
Scheckung	Fellmuster eines Tieres	Wüstenlack	Patina, dunkler Überzug auf Steinflächen
Schichtstufe	Geländestufe, verwitterungsfeste Schicht		
		Zoomorph	Tiergestaltig
Sediment	Geologische Ablagerung		

20. LITERATURHINWEISE

Aumassip G. 1993. Chronologies de l'art rupestre Saharien et Nord-Africain. Editions Jacques Gandini, Calvisson, pp. 1-31.

Barich E. B. 1986. Arte preistorica del Sahara. Museo Archeologico Firenze. De Luca - Mondadori, pp. 34-43.

Boessneck. J. 1988. Die Tierwelt des alten Ägypten. CH Beck Verlag, München.

Butzer K. W. 1978. Der Landschaftswandel der Sahara im Klimageschehen der Erde. SAHARA 10.000 Jahre zwischen Weide und Wüste. Museen der Stadt Köln, S. 170-172.

Castiglioni A. e A. e Negro G. 1986. Fiumi di pietra. Edizioni Lativa, Varese.

Cremaschi M. 1992a. La geomorfologia del Tadrart Acacus (Fezzan, Libia): I lineamenti ancestrali e la morfogenesi tardoquaternaria. Arte e culture del Sahara preistorico. Quasar, Roma, pp. 31-40.

Cremaschi M. 1992b. Genesi e significato paleoambientale della patina del deserto e suo ruolo nello studio dell'arte rupestre. Arte e culture del Sahara preistorico. Quasar, Roma, pp. 77-87.

Cremaschi M. 1994. Le Paleo-environnement du Tertiaire tardif à l'Holocène. Art rupestre du Sahara. Les Dossiers d'Archeologie, Éditions Faton, Quétigny. N° 197/1994, pp. 4-13.

Di Lernia S. e Manzi G. 1992. Contesti funerari e popolamento umano del Sahara. Arte e culture del Sahara preistorico. Quasar, Roma, pp. 41-55.

Dittrich P. 1983. Biologie der Sahara. Uni Druck, München.

Frobenius L. 1925. Hadschra Maktuba, Urzeitliche Felsbilder Kleinafrikas, Wolff Verlag.

Frobenius L. 1937. Ekade Ektab. Die Felsbilder Fezzans. Neuausgabe 1978. Akademische Druck- und Verlagsanstalt, Graz.

Gauthier Y. et C. 1993. Nouvelles figurations humaines dans l'art rupestre du Fezzân (Libye). Survey V-VI, n° 7-8, pp. 157-162.

Gauthier Y. et C. 1993. Le lycaon, le chacal et l'eléphant: Symboles et mythes du Messak Mellet et du Messak Sattafet (Fezzân libyen), Actes du Valcamonica Symposium 1993. Capo di Ponte, Italie.

Gauthier Y. et C. 1994. Chars gravés à double timon au sud de Germa et bige peint de l'Akâkus: Nouvelles figurations de chars du Fezzân. Bul. soc. etudes et de rech. des Eyzies, n° 38, (sous presse).

Gautier A. and Muzzolini A. 1991. The life and times of the giant buffalo alias Bubalus / Homoioceras / Pelovoris antiques in North Africa. Archaeozoologia 4 (1), pp. 39-92.

Gautier A. and Van Neer W. 1982. Prehistoric fauna from Ti-n-Torha, Tadrart Acacus, Libya. Origini 11, pp. 87-127.

Graziosi P. 1962. Arte rupestre del Sahara libico. Valecchi, Firenze.

Graziosi P. 1970. Recenti missioni per lo studio dell'arte rupestre nel Fezzan. Valcamonica Symposium 1968. Centro Camuno di studi preistorici Capo di Ponte, pp. 329-343.

Graziosi P. 1981. A propos de l'Apollon Garamante (Oued Tel Issaghen - Fezzan). Prehistorie africaine, melanges offerts au D. L. Balout. A.D.P.F. Paris

Jacquet G. 1978. Au coeur du Sahara Libyen d'etranges gravures rupestres. Archeologia 123, Dijon, pp. 40-51.

Jäkel D. 1978. Eine Klimakurve für die Zentralsahara. SAHARA 10.000 Jahre zwischen Weide und Wüste. Museen der Stadt Köln, S. 382-396.

Jelinek J. 1984. Mathrndush, In Galgien, two important Fezzanese rock art sites. Anthropologie XXII/2, Brno/CSSR, pp. 117-170.

Jelinek J. 1984. Mathrndush, In Galgien, two important Fezzanese rock art sites. Anthropologie XXII/3, Brno/CSSR, pp. 237-268.

Jelinek J. 1985. Tilizahren, the key site of Fezzanese rock art. Anthropologie XXIII/2, Brno/CSSR, pp. 125-165.

Jelinek J. 1985.Tilizahren, the key site of Fezzanese rock art. Anthropologie XXIII/3, Brno/CSSR, pp. 223-275.

Jelinek J. 1994. Etude historique du Messak Settafet. Art rupestre du Sahara. Les Dossiers d'Archeologie, Éditions Faton, Quétigny. N° 197/1994, pp.14-21.

Kuper R. 1978. SAHARA 10.000 Jahre zwischen Weide und Wüste. Museen der Stadt Köln, S. 8-9.

Le Quellec J. L. 1993. Symbolisme et art rupestre au Sahara. L'Harmattan, Paris.

Le Quellec J. L. 1993-b. Pièges radiaires et ovaloides dans les gravures rupestres du Sahara central. XIIIe Rencontres internationales d'archéologie et d'histoire d'Antibes, Juan-les-Pins, Éditions A.P.D.A., (sous presse).

Le Quellec J. L. et Gauthier Y. 1993. Nouveaux personnages mythiques en relation avec des rhinocéros sur les gravures du Messak Sattafet (Fezzan, Libye); Le Saharien, N° 124, pp. 30-34.

Le Quellec J. L. et Gauthier Y. 1993. Un dispositif rupestre du Messak Mellet (Fezzan) et ses implications symboliques. SAHARA 5, Pyramids, Milano, pp. 29-40.

Lhote H. 1975. Les gravures rupestres de l'oued Djerat, tome I et II. Memories du centre de recherches anthropologiques, prehistoriques et ethnographiques (C.R.A.P.E.), Alger.

Lhote H. 1984. Les gravures rupestres de l'Atlas Saharien. Monts des ouled-Nail et region de Djelfa. Office du Park national du Tassili, Alger.

Lhote H. 1978. Die Felsbilder der Sahara. SAHARA 10.000 Jahre zwischen Weide und Wüste. Museen der Stadt Köln, S. 70-80.

Lutz R. u. G. 1992a. Grotte e ripari nell'Amsach Sattafet. SAHARA 4. Pyramids, Milano, pp. 130-135.

Lutz R. u. G. 1992b. Erforschung unbekannter Felsbilder im Amsach Sattafet und Amsach Mellet im Südwest-Fezzan, Libyen. Die Begehung von Wadi Gedid. Universitätsforschungen zur prähistorischen Archäologie, Band 8, Habelt, Bonn, S. 305-315.

Lutz R. and G. 1992-1993. From picture to hieroglyphic inscription. SAHARA 5, Pyramids, Milano pp. 71-78.

Lutz R. and G. 1993 (1990). Rock engravings in the SW-Fezzan, Libya. Memorie della società italiana di scienze naturali e del museo civico di storia naturale di Milano, Volume XXVI-Fasc. II. pp. 333-358.

Lutz R. and G. 1994a. Wadi Tilizaghen A. SAHARA 6, Pyramids, Milano. pp. 41-50.

Lutz R. u. G. 1994b. Elefanten in der prähistorischen Sahara. Mensch und Elefant. Staatliches Museum für Völkerkunde, München. Pinguin, Innsbruck, S. 58-67.

Lutz R. and G. 1995a. Small scale art in the engravings of the Messak Sattafet and Messak Mellet, Libya. - saggi occasionali. Centro studi di archeologia Africana, Milano (in print).

Lutz R. and G. 1995b. The bubalus rock of wadi In Elobu. A chronological indicator of early rock art in the Messak Sattafet and Messak Mellet, Fezzan, Libya. The Acts of the Valcamonica Symposium 1994, Capo di Ponte (in print).

Mori F. 1978. Zur Chronologie der Sahara Felsbilder. SAHARA 10.000 Jahre zwischen Weide und Wüste. Museen der Stadt Köln, S. 253-260.

Mori F. 1992. L'arte preistorica Sahariana. Arte e culture del Sahara preistorico. Quasar, Roma pp. 21-30.

Muzzolini A. 1986. L'evolution des Climats au Sahara. L'art rupestre préhistorique des massifs centraux Sahariens. BAR International Series 318 Cambridge, pp. 47-52.

Muzzolini A. 1993. Chronologie raisonnée des diverses écoles d'art rupestre du Sahara central. Memorie della società italiana di scienze naturali e del museo civico di storia naturale di Milano, XXVI-Fasc. II. pp. 387-397.

Pachur H. J. 1987. Vergessene Flüsse und Seen der Ostsahara. Geowissenschaften in unserer Zeit, 5. Jahrg. No. 2. VCH Weinheim, S. 55-64.

Pachur H. J. 1991. Tethering stones as palaeoenviromental indicators. SAHARA 4, Pyramids, Milano, pp. 13-32.

Peters J. and Gautier A., Brink J. S. and Haenen W. 1994. Late quaternary extinction of ungulates in sub-Saharan Africa: A reductionist's approach. Journal of archaeological science 21.

Striedter K. H. 1984. Felsbilder der Sahara. Prestel, München.

Van Albada A. et A-M. 1990-(1). Scènes de danse et de chasse sur les rochers du plateau noir en Libye. Archéologia n° 261, pp. 32-45.

Van Albada A. et A-M. 1990-(2). Documents rupestres du Messak Settafet (Fezzan libyen). SAHARA 3, Milan, pp. 89-94.

Van Albada A. et A-M. 1990-(3). Documents rupestres originaux du Messak Settafet (Fezzan Libyen). Memorie della società italiana di scienze naturali e del museo civico di storia naturale di Milano, Volume XXVI-Fasc. II (edité 1993), pp. 547-554.

Van Albada A. et A-M. 1991. Chasseurs et pasteurs du Messak Settafet Préhistorie et Anthropologie Méditerranéenes-tome 1-1992. L.A.P.M.O. Université de Provence-CNRS, pp. 99-104.

Van Albada A. et A-M. 1992. Les gravures rupestres néolithiques du Sahara central. Archéologia n° 275, pp. 22-33.

Van Albada A. et A-M. 1993. Hommes, animaux et légendes de la préhistoire Fezzanaise. Archéologia n° 289, pp. 40-49.

Van Albada A. et A-M. 1993-(2). Art rupestre du Wadi Sharuma (Fezzan-Libye). SAHARA 5, Milan, pp. 96-97.

Van Albada A. et A-M. 1994. De nombreux centres culturels. L'inspiration de „Mathendous" étendue à l'esemble du plateau du Messak libyen, pp. 22-33. La representation animale. Le riche bestiaire néolithique et l'esprit de la figuration, pp. 34-45. Les representations humaines dans l'art naturaliste du Messak, pp. 46-59. L'univers imaginaire. Une population de lycanthropes aux activités multiples, pp. 60-69. Art Rupestre du Sahara. Les Dossiers d'Archeologie, Éditions Faton, Quétigny. N° 197.

Privatadresse:
Rüdiger undGabriele Lutz
Gerhart Hauptmannstr. 20
A 6020 Innsbruck
Österreich
Telefon und Fax: 0512/34 14 24